Les vampires
des montagnes

Seul ou en bande de cinq,
visitez notre site :
www.soulieresediteur.com

Les vampires
des montagnes

La quatrième aventure de
la bande des cinq continents

un roman de
Camille Bouchard

illustré par
Louise-Andrée Laliberté

SOULIÈRES ÉDITEUR

case postale 36563 — 598, rue Victoria
Saint-Lambert (Québec) J4P 3S8

Soulières éditeur remercie le Conseil des Arts du Canada et la SODEC de l'aide accordée à son programme de publication et reconnaît l'aide financière du gouvernement du Canada par l'entremise du Programme d'Aide au Développement de l'Industrie de l'Édition (PADIÉ) pour ses activités d'édition. Soulières éditeur bénéficie également du Programme de crédit d'impôt pour l'édition de livres – Gestion Sodec – du gouvernement du Québec.

Dépôt légal: 2007
Bibliothèque nationale du Canada
Bibliothèque nationale du Québec

Données de catalogage avant publication (Canada)

Bouchard, Camille

Les vampires des montagnes

(La bande des cinq continents ; 4)
(Collection Chat de gouttière ; 25)
Pour les jeunes de 9 ans et plus.

ISBN 978-2-89607-054-1

I. Laliberté, Louise-Andrée. II. Titre. III. Collection:
Bouchard, Camille, 1955- . Bande des cinq continents 4. IV.
Collection: Chat de gouttière ; 25.

PS8553.O756V35 2007   jC843'.54   C2006-941937-X
PS9553.O756V35 2007

Illustration de la couverture
et illustrations intérieures :
Louise-Andrée Laliberté

Conception graphique de la couverture :
Annie Pencrec'h

À Hugo.

GABRIEL (13 ans)

Origine : Québec, Canada, Amérique.

Principales qualités : instinctif, polyvalent, parle innu, connaît les plantes et leurs secrets.

Principaux défauts : orgueilleux, renfermé, grognon.

Caractéristiques distinctives : croit trouver dans le souffle du vent, dans le bruissement des feuilles, dans le pigment d'une plante ou la forme des nuages réponse à ses questions. Il porte toujours une besace en peau de castor dans laquelle il conserve les plantes qu'il cueille ici et là. Secrètement amoureux de Sarasvatî.

DIDIER (13 ans)

Origine : Toulouse, France, Europe.

Principales qualités : très versé en histoire, en géographie et en sciences humaines ; parle français, anglais, arabe, espagnol et italien.

Principal défaut : distrait.

Caractéristiques distinctives : intellectuel, cultivé, cartésien. Son sac d'école est trois fois trop lourd : il est plein de livres.

SARASVATÎ (12 ans)

Origine : Pondichéry, Inde, Asie.

Principales qualités : sportive très accomplie, championne dans plusieurs arts martiaux.

Principaux défauts : impulsive, autoritaire.

Caractéristiques distinctives : tilak au front, grain de beauté au menton ; secrètement amoureuse de Gabriel.

FATIMATA (12 ans)

Origine : Djenné, Mali, Afrique.

Principales qualités : gentille, sourit continuellement, a toujours peur de déplaire, pardonne facilement, forte en biologie.

Principaux défauts : aucun qui ne soit apparent.

Caractéristiques distinctives : possède un ascendant sur les animaux, versée en sorcellerie vaudou, sa mouffette apprivoisée la suit partout.

MÉDÉRIC (11 ans)

Origine : Papeete, Tahiti, Océanie.

Principales qualités : hyper-intelligent, génie en informatique et dans les sciences en général, en avance sur ceux de son âge.

Principaux défauts : encore un peu bébé, timide, grassouillet et en mauvaise forme physique.

Caractéristiques distinctives : n'a pas de sac d'école, car il a scanné tous ses livres pour son usage personnel. Il porte toujours son ordinateur portatif avec lui.

Remerciements

L'auteur tient à remercier le Conseil des arts et des lettres du Québec pour son appui financier pour la rédaction de ce roman.

1

Le chien mort

Même si la fin juin est le moment de l'année où il y a le plus de moustiques, Fatimata adore se promener dans le petit bois qui ceinture le terrain de golf, à la limite de la ville. La jeune Africaine ne se sent pas incommodée par les insectes qui volètent autour d'elle, car ils ne s'acharnent pas sur sa peau. C'est comme si elle avait appliqué de la crème antimoustique. Fatimata semble décidément posséder un don qui fait en sorte que les animaux l'affectionnent, des plus petits aux plus grands. En parcourant le sentier bordé de buissons, d'érables, de pins et de baumiers, elle ne peut s'empêcher de frissonner en pensant à l'ours qu'elle a affronté, six semaines plus tôt, dans la forêt nord-côtière[1].

À ses pieds, Cappuccino, sa mouffette apprivoisée, trottine d'un pas allègre, heureuse de se dégourdir les pattes en compagnie de sa maîtresse. Le museau au ras du sol, l'animal respire les moindres odeurs, compensant par son odorat développé la myopie sévère propre à son espèce.

Au milieu d'un entrelacs de branches de thuyas, Fatimata aperçoit tout à coup, à moins de quinze mètres en dehors du sentier, un mouvement qui accélère les battements de son cœur. « Serait-ce encore un ours ? » pense-t-elle avant de se rappeler qu'aucun plantigrade n'a jamais été aperçu aussi près de la ville. Figée, elle plisse les yeux pour mieux observer et constate qu'il s'agit de la silhouette de deux personnes qui se déplacent entre les arbres.

— Sans doute quelqu'un qui cherche une balle de golf perdue, murmure-t-elle à Cappuccino.

---

1. Voir *Le monstre de la Côte-Nord*, la 2e aventure de la Bande des cinq continents.

Elle se sent ridicule en constatant qu'elle cherche moins à calmer son animal domestique qu'à se rassurer elle-même. Elle n'a jamais eu peur des bêtes auparavant, elle ne commencera pas aujourd'hui. En fait, se dit-elle, elle a davantage à craindre des humains que des animaux.

Comme pour lui donner raison, elle reconnaît tout à coup Tremblay et l'un des jumeaux Bouchard, deux membres de la « Bande des Pure laine ».

— Oh non ! souffle-t-elle. Si ces deux malappris m'aperçoivent seule, sans la compagnie des autres copains de la Bande des cinq continents, ils vont me tourmenter, c'est certain.

D'un seul mouvement, elle se penche vers Cappuccino pour la saisir entre ses mains, et se plaque contre le tronc d'un arbre.

— Ils ne nous ont pas vues, murmure-t-elle à l'oreille de la mouffette. Silence.

Retenant sa respiration, elle guette les voyous qui traversent la frondaison, rejoignent le sentier, puis prennent la direction de la ville. L'imposante silhouette de Tremblay contraste avec celle plus petite du jumeau Bouchard. Avec de larges mouvements de bras, les deux compères chassent les moustiques qui semblent s'achar-

12

ner sur eux. Un bâton de golf entre les mains, Tremblay effectue des moulinets, manquant de frapper son acolyte, brisant les branches qui obstruent le passage. Plusieurs secondes après la disparition des garçons, Fatimata ose enfin quitter sa cachette pour revenir sur la piste de terre.

— Ces deux Pure laine, chuchote-t-elle à Cappuccino en la remettant par terre, je me demande ce qu'ils faisaient dans les bois. Je ne serais pas surprise d'apprendre qu'ils ont essayé de se rendre sur le terrain de golf pour jouer sans payer.

La mouffette s'immobilise soudain, le museau levé, et arrondit le dos.

— Eh bien ? Qu'est-ce qu'il y a, ma Cappu ?

Fatimata fronce les sourcils en fixant le point du sentier qui s'enfonce au cœur des fourrés. Au milieu du feuillage, elle distingue une forme poilue au pied d'un sapin.

— On dirait... un animal... dit-elle en caressant le dos de la mouffette pour la calmer. Approchons doucement.

À pas mesurés, l'adolescente s'avance, Cappuccino sur les talons. À mesure que la distance s'amenuise, elle distingue les reflets caramel et marron d'un pelage sale et hirsute.

— Un chien ! s'exclame Fatimata en perdant son attitude précautionneuse et en s'élançant vers la bête étendue sur le sol. Il est couvert de sang.

Trois pas la séparent encore de l'animal lorsqu'un mouvement sur sa droite la fait sursauter.

— Aaah ! hurle-t-elle de surprise.

— Aaah ! lui répond un jeune garçon aussi surpris qu'elle.

La mouffette se colle à sa maîtresse en arrondissant le dos et en frappant le sol de ses pattes antérieures.

— Calme, Cappuccino ! s'écrie Fatimata en saisissant l'animal entre ses mains, tout en continuant de fixer de ses yeux arrondis le garçon qui se tient debout en face d'elle.

— Ne me fais pas de mal ! supplie celui-ci. Je n'ai rien… Ce n'est pas moi qui ai tué le chien.

Du coin de l'œil, Fatimata considère l'animal qui gît sur le sol et constate les pupilles vitreuses, la langue émergeant entre les crocs… « Il est bien mort, en effet », conclut-elle avec tristesse. Elle s'intéresse alors au garçon. Une dizaine d'années environ, maigre comme une branche d'aulne ; il semble flotter dans un t-shirt et un pantalon trop grands.

14

Ses cheveux, très noirs, encadrent un visage osseux aux traits autochtones, un peu comme ceux de Gabriel. Son œil gauche louche vers l'extérieur.

— Je ne t'accuse pas, réplique enfin Fatimata.

Elle se penche sur l'animal mort. Ce dernier présente une importante blessure au crâne et un filet de sang à demi coagulé s'écoule de son nez. Elle demande :

— Que s'est-il passé ?

— Je… Je ne sais pas, balbutie le garçon d'une voix chevrotante où se devine un vague accent étranger.

Il se tient le dos appuyé contre un arbre, les tempes en sueur, observant tour à tour Fatimata, Cappuccino et le chien mort. Le tremblement de ses lèvres fait craindre à la jeune Africaine qu'il va se mettre à pleurer.

— N'aie pas peur, le rassure-t-elle en se redressant. Je te dis que je ne t'accuse pas. Que fais-tu ici ? Comment t'appelles-tu ?

— Je… Je m'appelle Basilio, répond-il, un peu plus rassuré. Je me promenais et je… j'ai trouvé le chien. Je ne sais pas ce qui est arrivé.

— N'aie pas peur, répète Fatimata en fixant le garçon pour tenter de deviner ce

15

qui peut l'effrayer autant : elle, Cappuccino, le chien mort... ou celui qui a frappé le chien.

Elle place la main sur la fourrure tachée de sang et constate que le corps est encore chaud.

— Il n'y a pas longtemps qu'il est mort, fait-elle remarquer. Tu es certain que tu n'as pas vu ce qui s'est passé ?

— Je marchais sans penser à rien et je l'ai trouvé comme ça.

— Tu es seul ?

— Oui.

— Où demeures-tu ?

Le garçon lève un bras pour désigner vaguement le point du sentier qui mène à la ville.

— Sur la rue du Boisé.

— Hum, c'est tout près, note Fatimata en plissant les lèvres. D'accord. Tu veux que je te raccompagne chez toi ?

Il la regarde sans mot dire, ne sachant pas s'il doit prendre le risque de la contrarier. Fatimata remarque que la paupière gauche ne cligne jamais, seulement la droite. « Un œil de verre », suppose-t-elle.

— Tu as peur de moi, Basilio ?

Il tente de garder son calme et fait des efforts visibles pour empêcher ses lèvres de trembler. Haussant les épaules, il répond :

— N... Non, bien sûr.

— Je m'appelle Fatimata. Mes parents sont d'origine africaine. Et toi ? Tes parents viennent d'où ?

Il a un léger froncement des sourcils devant cette question qui le déroute un peu.

— Mes parents ? Pourquoi ?

L'Africaine hausse les épaules à son tour.

— Rien. Par curiosité. Mes amis ont tous des origines différentes.

Il quitte l'arbre pour réintégrer le sentier, non sans jeter un dernier regard au chien.

— Mon père est péruvien, répond-il en tournant le dos à la dépouille et en prenant la direction de la ville. Ma mère est née au Lac-Saint-Jean.

Fatimata emboîte le pas au garçon, abandonnant, non sans retenir un soupir, la dépouille du chien. Elle demande :

— Tu es en vacances ou tu habites ici ?

— Mes parents sont morts. Je demeure chez ma tante. Je commence l'école dans le quartier, en septembre.

— Te... tes parents...? Excuse-moi, je ne...

Sans paraître se formaliser de la remarque de l'adolescente, le garçon poursuit :

— Ils ont eu un accident de voiture au Pérou. La sœur de maman m'a adopté. Désormais, je vivrai ici.

Basilio se penche pour éviter une branche basse. Dans le mouvement, son t-shirt remonte et dévoile son dos cuivré. Fatimata remarque un tatouage rougeâtre en forme de mille-pattes qui part de la hanche et serpente vers le milieu du dos. Ce n'est que lorsque le t-shirt retombe et cache le trait qu'elle comprend qu'il s'agit en fait d'une large cicatrice.

« Il était sans doute dans la voiture au moment de l'accident, songe-t-elle. C'est peut-être à ce moment qu'il a perdu un œil. Quel traumatisme cela a dû être pour lui. »

Deux pas derrière, elle le suit et l'observe en silence. Il marche d'une foulée prudente, courte et lente. À l'embranchement d'un second sentier, il hésite avant de prendre la piste de droite.

— Tu es arrivé par là ? questionne Fatimata tout en continuant à le suivre. Moi, je suis passée par l'autre chemin.

— C'est plus court pour me rendre chez moi, répond Basilio sans se retourner.

Fatimata s'assure que Cappuccino demeure sur ses talons puis scrute les alentours.

— Hum, oui, tu as raison, admet-elle enfin. Je crois que cette piste mène plus rapidement à la rue du Boisé.

Basilio, avec de brusques mouvements de la main, chasse les moustiques. Il esquive un buisson en faisant un mouvement de côté, ce qui attire le regard de Fatimata.

— Qu'est-ce que c'est ?

— Quoi ? réplique Basilio sans même se retourner ni ralentir son pas.

— Derrière le buisson, là ?

Cette fois, le garçon s'arrête et pivote vers elle. Fatimata contourne le fourré.

— Ça par exemple ! s'exclame-t-elle, les yeux ronds, une main sur la bouche.

2

Recherche d'indices

Gabriel est accroupi près du buisson, les fesses appuyées sur les talons, ses avant-bras reposant sur les genoux. Contre sa hanche pend la besace en poil de castor qui ne le quitte jamais. La bandoulière croise son dos en séparant en deux parties inégales le logo d'un organisme écologiste.

— Eh bien ? demande Fatimata qui, bien que cela ne lui ressemble guère, semble s'impatienter.

— Eh bien ? répète Didier, à côté d'elle.

Tous deux, en compagnie de Basilio, se tiennent debout à un mètre de l'Innu, et l'observent avec attention. Gabriel ne répond pas. Il continue de s'intéresser au gros chien dont le crâne a été fracassé par un violent coup de bâton.

— Tout comme le premier chien caramel et marron trouvé par Basilio, affirme Fatimata pour la énième fois. J'ai couru chez moi pour vous appeler. J'en ai profité pour y laisser ma Cappu, j'avais peur de la traumatiser. Mais j'aurais peut-être dû la garder avec moi. Avec son flair, elle nous aurait peut-être menés au coupable. À moins que j'aie…

— Je t'en prie, Mata, coupe Didier. Ne t'en fais pas comme ça pour deux chiens morts. On va trouver ce qui s'est passé. Sois confiante.

Silencieux, avec minutie, Gabriel scrute les indices. Près de la dépouille, des traces de semelle de tailles diverses creusent l'herbe et une frange boueuse du sentier. Didier s'enquiert auprès de Fatimata :

— Où sont Sara et Médé ?

L'adolescente, tout en continuant d'observer Gabriel, répond :

— Sara magasine avec son père et Médé aide sa mère à coller de la tapisserie.

22

Gabriel, toujours silencieux, se redresse lentement, les yeux rivés sur le sol. Fatimata, impatiente de savoir qui a agi avec autant de cruauté, demande :

— Les empreintes sont celles de Tremblay, tu crois ?

Le jeune autochtone plisse les lèvres, perplexe.

— Oui, c'est possible, répond-il. Elles en ont la taille, en tout cas. Mais ce ne sont pas les seules. Il y a d'autres pistes, plus petites.

— C'est vrai, approuve l'Africaine ; l'un des jumeaux était avec lui.

— Les pistes datent de ce matin ? interroge Didier.

— La plupart, oui, confirme Gabriel. Il s'en trouve quelques-unes d'hier, d'autres encore plus anciennes, mais la plupart datent de quelques heures à peine.

— J'en étais certaine, clame Fatimata en frappant ses paumes l'une contre l'autre. Ce chien a été frappé ce matin, presque en même temps que l'autre. Je suis persuadée que les coupables sont la bande des Pure laine. Tremblay avait un bâton de golf entre les mains.

— N'accuse pas à la légère, Fatimata, prévient Didier l'index levé. Tu ne disposes que de preuves circonstancielles.

Gabriel et Fatimata se regardent, les sourcils froncés, tandis que Basilio observe Didier, sa paupière droite clignant sans arrêt sur son œil valide.

— Ça veut dire quoi, cela, des « preuves circonstancielles » ? demande enfin l'adolescente.

Ployant sous sac à dos rempli de livres qu'il trimballe sans arrêt, Didier répond :

— Que tu accuses quelqu'un d'un crime en fonction d'éléments qui n'ont pas forcément de liens entre eux. Les deux chiens en question peuvent avoir été tués de différentes manières – en traversant la route, par exemple, ou en tombant d'un balcon – et le hasard a voulu que leur maître les emmène ici à moins de deux cents mètres l'un de l'autre.

— Celui-ci n'est pas mort ailleurs, ça c'est sûr, contredit Gabriel. On voit les traces de ses pattes qui arrivent de là, tu vois ? On les perd sur la partie la plus dure du sentier.

— Donc, il marchait ? s'enquiert Fatimata qui trouve en cette affirmation un appui à sa thèse.

— Il marchait, confirme l'Innu. Il est mort là où il est tombé.

— Tu vois ? fait l'adolescente en regardant Didier. J'ai raison.

— Pas si sûr, conteste Gabriel, le nez en direction du sol. Je vois bien des traces qui trahissent la présence de quelqu'un près du chien, mais ça peut être après sa mort. Car toutes ces empreintes sont récentes : les tiennes, celles de notre ami Basilio, celles plus grandes qu'on attribue à Tremblay, les autres qu'on attribue à Bouchard… Vous pouvez tous être coupables.

— Haha ! clame Didier en se plantant devant Fatimata. Que faisiez-vous le soir du meurtre ?

— Ne sois pas stupide, réplique-t-elle en se retenant de rire.

— Je ne fais qu'appliquer ton propre raisonnement basé sur des preuves circonstancielles. Tu me parais ainsi aussi suspecte que Tremblay, Basilio ou Bouchard. Alors, je répète : que faisiez…?

— Allons voir l'autre chien, coupe Gabriel qui ne semble pas s'amuser. Peut-être y décèlerons-nous de nouveaux indices.

La mine soucieuse, les quatre amis émergent du bois. Tandis que Didier et

Basilio chassent d'un mouvement régulier les moustiques qui s'acharnent sur eux, Fatimata et Gabriel ne semblent pas importunés.

— On devrait réunir toute la bande pour colliger les indices, suggère Didier en se donnant une tape sur la nuque pour écraser un insecte.

— Je suis d'accord, approuve Fatimata. Sara sera d'accord avec moi pour dire que…

— J'habite là, coupe Basilio en désignant une jolie maison de banlieue dans une rue bordée d'arbres, de pelouses et de haies.

C'est la quatrième habitation à partir de l'extrémité de l'artère qui finit en cul-de-sac. Le secteur semble en développement et on devine, plus loin, une trouée dans la frondaison, là où la municipalité a entrepris des travaux d'expansion.

— Tu habites vraiment tout près du bois, fait remarquer Didier. Tu es chanceux ; tu peux y faire des promenades régulières.

Le garçonnet fait un mouvement vague avec la main.

— Oui, confirme-t-il. Je demeure à côté, sinon ma tante ne me permettrait pas de m'y promener seul.

— Coupons par là, propose Gabriel en désignant l'espace entre deux haies. Ça nous évitera de passer sous le jet d'eau du voisin.

Sans songer une seconde à désavouer la proposition, les quatre amis s'engagent dans la cour qui forme le coin de la rue. Ils contournent un cabanon sans mur de fondation, posé sur quatre blocs de ciment, et parcourent une allée de cailloux bordant un jardin soigné, une pelouse parfaitement entretenue. Au moment où, absorbé chacun dans ses pensées, ils vont traverser dans la cour voisine, une masse noire apparaît sur la gauche à une vitesse fulgurante !

— Sapristoche ! s'exclame Didier qui en tombe presque à la renverse, déséquilibré par son sac à dos trop lourd.

Une gueule aux crocs démesurés et luisant de bave vient claquer à moins d'un mètre de son visage. Un aboiement rauque et violent se mêle aux cliquetis d'une chaîne tendue au maximum.

— Recule ! Seigneur, recule ! hurle Gabriel qui agrippe son copain par l'épaule et le tire vers lui.

Les deux garçons bondissent vers l'arrière, repoussant du même coup Basilio et Fatimata qui se trouvaient sur leur chemin. Le chien paraît énorme. Poil ras et noir, oreilles aplaties vers l'arrière, ses yeux sont immenses, arrondis par la fureur, brillant de haine ; ses griffes déchirent le sol. Tremblant d'effroi, les quatre amis se trouvent pris au piège entre ce molosse furieux et l'angle d'un jardin fermé par une clôture.

— Sapristoche ! répète Didier, le visage blanc. Il... il va... La chaîne ne tiendra pas.

— La chaîne oui, corrige Gabriel qui scrute à droite et à gauche pour trouver une issue, mais le crochet à l'autre bout ne me paraît pas très solide. Bon sang ! Pas moyen de s'agripper à cette clôture, pleine de plantes, pleine de...

C'est alors qu'il ressent un choc sur le côté et constate que Basilio vient de s'agripper à lui, complètement désemparé. Il est si pâle que Gabriel se demande si le jeune garçon n'est pas en train de perdre connaissance tellement il a peur.

— Au secours ! s'époumone Didier en direction de la maison. Il doit bien y avoir quelqu'un là-dedans. Rappelez votre chien !

— Laissez-moi faire.

Fatimata vient de se placer devant les garçons. De la main, elle leur intime

28

de se calmer tandis qu'elle fait face au molosse.

— Mais…? Qu'est-ce que tu fabriques ? demande Gabriel. Tu vas te faire…

— Chut ! insiste Fatimata avec vigueur. Ne bougez plus ; ne parlez plus. Ne le regardez pas dans les yeux.

Face à l'animal qui aboie toujours en tirant sur sa chaîne, elle avance de deux pas, très lentement, le menton baissé, la main droite devant elle, paume vers le sol. Le chien lance encore deux ou trois jappements, moins forts, puis paraît se calmer en observant l'adolescente qui s'avance. Museau relevé, les crocs toujours menaçants, il grogne en fixant la main qui s'approche. On dirait qu'il cherche à s'assurer que la jeune fille ne le défie pas, qu'elle garde les yeux au sol, qu'elle lui présente bien sa gorge en signe de soumission… À mesure que Fatimata progresse vers lui, ses grognements diminuent, il referme les babines, masque ses crocs.

— Oh, sapristoche ! Oh, sapristoche ! murmure Didier qui observe la scène en compagnie d'un Gabriel interdit et d'un Basilio à demi inconscient.

La main de Fatimata n'est plus qu'à quelques centimètres de son museau

30

quand le molosse s'assoit sur son postérieur et redresse ses oreilles. Il est tout à fait calme lorsque l'adolescente franchit le dernier pas qui la sépare de lui. Le chien flaire la peau de l'Africaine, relève les doigts avec son museau humide, renifle de nouveau le dessus de la main, puis se met à le lécher. Il agite enfin la queue, montrant ainsi qu'il accepte l'adolescente près de lui.

— Vous pouvez venir, murmure Fatimata tandis qu'elle effleure le menton du chien. Approchez doucement et laissez-le sentir le dessus de votre main. Ne présentez pas votre paume ; il pourrait croire que vous voulez le frapper. Et ne le caressez pas sur le crâne tout de suite ; il a davantage peur de nous que nous de lui.

— Tu parles, marmonne Didier. Il ne sait pas à quel point j'ai peur de lui.

— Tu… Tu es sûre que c'est sans danger, Mata ? demande Gabriel qui retient contre lui un Basilio toujours au bord de la panique.

— Oui, venez. Mais sans brusquerie.

— Non ! s'écrie Basilio qui refuse d'abandonner le t-shirt de Gabriel auquel il s'agrippe. Non !

— Il… Il a trop peur, reconnaît Gabriel. On ne peut pas le forcer à… Il va paniquer, courir…

— Dans ce cas, propose Fatimata qui caresse toujours le molosse, passe derrière moi et sors-le de la cour. Tu peux le faire ?

Gabriel baisse les yeux sur la tête de Basilio enfoui sous son bras. Il évalue ensuite l'espace qu'il a à parcourir pour sortir de la cour et se placer hors de l'atteinte du chien.

— Oui, répond-il enfin. Je peux le faire.

— Vas-y, alors.

— D'ac.

— Gabriel ?

— Quoi ?

— Tu y vas doucement, O.K. ?

La tante de Basilio, sa mère adoptive, paraît d'une extrême gentillesse à Fatimata, Didier et Gabriel. Elle a de beaux cheveux bouclés, très blonds, de grands yeux clairs, et un sourire en permanence sur les lèvres. L'ébauche d'un deuxième menton se devine lorsqu'elle penche la tête pour présenter le plateau de biscuits. Son chandail ample arbore des motifs illustrant des paysans et des lamas, animaux typiques d'Amérique du Sud. Son fessier plantureux remplit largement l'embrasure de la porte de la cuisine d'où elle rapporte des jus de fruits.

33

— Vous avez été très attentionnés avec mon petit garçon, répète-t-elle en distribuant une nouvelle tournée. Je suis contente qu'il ait trouvé des amis tels que vous.

— Merci, madame, déclare Fatimata en désignant son berlingot de jus encore à moitié plein. Nous sommes contents également d'avoir fait la connaissance de Basilio.

— Il a eu très peur, dit Gabriel, mais nous aussi.

— Oui, je n'en doute pas, approuve la femme. Quel inconscient, ce voisin, de garder une bête aussi dangereuse chez lui. Si, un jour, ce monstre parvient à briser sa chaîne, il peut blesser, voire tuer un enfant du quartier.

Chacun peut entendre avec netteté Basilio glousser de peur.

— Je vais porter plainte à la municipalité, conclut-elle.

Puis, se tournant vers Basilio :

— Tu veux aller te reposer un peu, mon bébé ? Va prendre une douche pour te soulager de toutes ces piqûres de moustiques et étends-toi sur ton lit. Je te réveillerai pour le souper.

Basilio approuve de la tête, puis s'adresse aux trois amis de la bande des cinq continents.

— On va se revoir ?

— Bien sûr, Basilio, confirme Fatimata. Et on te présentera nos deux autres copains, Sarasvatî et surtout Médéric qui a presque le même âge que toi. Vous devriez bien vous entendre.

— D'accord, à plus tard. Merci pour tout.

Et il disparaît dans l'escalier menant au deuxième étage. La mère adoptive reste un moment à regarder les marches vides, comme pour s'assurer que le garçon ne redescend pas, puis se tourne vers les adolescents. Elle dit, un ton plus bas :

— Basilio n'a pas encore eu le temps de se faire des amis de son âge. Il n'y a pas assez longtemps qu'il est arrivé ici. Il a vécu des moments difficiles, vous savez, du temps où il vivait au Pérou.

— Nous savons, confirme Fatimata. Il nous a dit qu'il était orphelin. Et j'ai cru comprendre que Basilio avait aussi été impliqué dans l'accident qui avait tué ses parents.

La mère adoptive fronce un peu les sourcils en regardant Fatimata.

— Pas du tout. Basilio était à l'école lorsque ses parents sont morts.

— Ah bon ? s'étonne Fatimata qui était pourtant certaine de ses déductions.

Je croyais que la grande cicatrice dans son dos et l'œil de verre…

— Mata, lance Didier en secouant la tête. Il faut toujours que tu sautes aux conclusions. Je te l'ai dit : gare aux preuves circonstancielles.

— C'est vrai que les apparences peuvent amener à penser que Basilio a vécu un accident aussi grave que celui de ses parents, rétorque la tante, mais ce qui lui est arrivé…

Elle s'interrompt soudain, les yeux dans le vague, comme si elle craignait d'en avoir trop dit, ou comme si elle redoutait les mots qu'elle devait formuler.

— Oui ? insiste Fatimata, notant le regard fixe de la femme qui semble perdue dans ses souvenirs. Qu'est-il arrivé à Basilio ? Pourquoi a-t-il cette large cicatrice dans le dos et pourquoi a-t-il perdu un œil ?

La mère adoptive regarde l'Africaine, puis pose le regard sur chacun des deux garçons avant de répondre :

— Les vampires des montagnes.

3

L'horrible récit

— **L**es vampires ?

Une ride barre le front de Sarasvatî qui semble plutôt incrédule. Elle
observe Gabriel, Didier et Fatimata pour
déterminer si ceux-ci ne sont pas en train
de se moquer d'elle et de Médéric. Les
cinq amis sont regroupés dans le riche
sous-sol des Nilayam, les parents de l'In-
dienne.

— Les vampires ? insiste cette dernière pour obtenir plus de détails.

— Les vampires des montagnes, précise Fatimata. Mais pas des vampires

dans le sens où tu l'entends, plutôt dans le sens de criminels qui ne se soucient pas du sort d'autrui pour s'enrichir. Des gens si mauvais que, pour eux, la santé ou la vie d'un enfant importe peu.

Sarasvatî se laisse aller contre le dossier de l'épais fauteuil dans lequel elle s'est coulée et lève les mains avec l'air de dire : « Ah bon, là je peux te croire ; là, ça tient debout. »

— C'était il y a un peu plus d'un an, poursuit Fatimata qui répète l'histoire racontée par la mère adoptive du Péruvien. Basilio, à cette époque, vivait avec ses parents dans un village reculé des Andes, la chaîne de montagnes qui forme toute la partie ouest de l'Amérique du Sud. Notre ami avait été reçu dans une clinique privée pour y être opéré pour une appendicite. Les médecins de nuit ont offert aux parents d'opérer leur fils gratuitement en affirmant qu'un organisme de charité s'occupait des frais. Ils les ont invités à retourner dormir dans leur village, à deux heures de là. Persuadés que leur fils se trouvait entre bonnes mains, les parents sont donc rentrés chez eux. Le jour suivant, quand ils sont revenus, Basilio avait été opéré. En plus de l'appendice, on lui avait retiré un rein et un œil. Les médecins avaient vendu les organes sains de Basilio à des malades riches, prêts à payer le gros prix.

— Mais qu'est-ce que tu racontes ? lance Sarasvatî, la bouche grande ouverte par l'étonnement. On lui a volé ses organes ? À la clinique ?

— Il paraît que c'est une pratique répandue dans les pays en voie de développement, confirme Didier à la place de Fatimata. Des médecins sans scrupules repèrent un donneur compatible et le dépouillent de ses organes. Ils alimentent ainsi un marché illégal où des malades fortunés d'Amérique du Nord ou d'Europe sont prêts à payer le gros prix pour se faire soigner.

— Mais c'est horrible ! s'exclame Médéric.

— Quoique vrai, hélas !

— Ce sont eux, les vampires dont parlait la mère de Basilio, précise Fatimata : les médecins et les malades criminels.

— Et ses parents ? Ils ont fait quoi, par la suite ? demande Sarasvatî. Ils ont porté plainte à la police ?

— Ce n'est pas aussi simple dans les pays du tiers-monde où policiers et politiciens peuvent être corrompus, répond

Gabriel avec l'air détaché de quelqu'un pour qui tout est évident (en fait, il connaît la réponse depuis quelques heures seulement, car la mère adoptive de Basilio le leur a expliqué). Les parents ont quand même entrepris des démarches pour dénoncer la clinique, mais ils sont morts au milieu des procédures.

— Quelqu'un les a tués ? interroge Médéric, le visage catastrophé.

— Ils ont eu un accident, réplique Fatimata. Leur voiture est tombée dans un ravin.

— C'est peut-être seulement le hasard, renchérit Didier qui craint toujours les « preuves circonstancielles », mais il est certain que la mort des parents a dû arranger les responsables qui ont volé les organes de Basilio.

— Pauvre garçon, souffle Sarasvatî en se levant pour répondre au téléphone qui sonne sur la table du coin. Il y a des enfants qui connaissent des épreuves vraiment épouvantables. Allô ?

— Tu dis qu'il est presque de mon âge, Mata ? demande Médéric. Peut-être qu'il aime jouer aux échecs ?

— Tu le lui demanderas, Médé, réplique l'Africaine. Demain, nous l'inviterons à venir nous rejoindre au petit étang.

— Au petit étang ? s'étonne Didier en se tournant vers Gabriel. On va au petit étang, demain ?

— Que tu es distrait ! répond l'Innu. On a dit hier qu'on irait pêcher avant de pique-niquer dans la clairière.

— Gabichouchou, c'est pour toi ! lance Sarasvatî, une main devant la bouche pour ne pas pouffer de rire. C'est ta maman.

— Oh, ça va ! grogne le garçon en sentant le rouge monter à ses joues. Je déteste ça quand maman ou ma tante m'appelle comme ça.

Il se dirige vers le téléphone en passant devant Didier.

— Moi, la pêche, ça me va, ânonne celui-ci en ouvrant sur ses genoux l'un des nombreux livres de la bibliothèque de monsieur Nilayam. Si ça ne mord pas, je lirai un truc quelconque. Faudra que je pense à m'apporter de la lecture...

— Allô, maman ?

— De la lecture, réagit Fatimata en rigolant. Ton sac à dos est toujours plein de bouquins ! Tu n'en manqueras certainement pas.

— En tout cas, pas question de sortir de sa précieuse bibliothèque un livre de mon père, l'avertit Sarasvatî en repre-

42

nant sa place dans le fauteuil. Il tient beaucoup trop à…

— Qui a appelé à la maison, dis-tu ? fait la voix de Gabriel au bout de la pièce. Pour me parler ?

— Il tient beaucoup trop à ses ouvrages anciens, reprend Sarasvatî, pour permettre à qui que ce soit de les emprunter.

— Je crois que mes bottes de caoutchouc sont percées, dit Fatimata. Je devrais…

— Quoi ?

Tout le monde se tourne vers Gabriel dont l'intonation a surpris tout le monde. Il fixe le mur tandis qu'il semble s'accrocher au combiné du téléphone. Lorsqu'il raccroche, il attend un moment avant de se retourner vers ses amis.

— Eh bien, Gabriel, s'informe Didier devant la mine ahurie de son ami. Qu'est-ce qu'on vient de t'annoncer ? Il y a quelqu'un de mort ou quoi ?

L'Innu passe la main dans son épaisse tignasse noire, prend une grande inspiration puis souffle tout l'air de ses poumons en répondant :

— C'est en plein ça : encore un mort.

43

La bande des cinq continents, en compagnie de Basilio, est regroupée en demi-cercle en face du cabanon. Le soleil, en fin de course, fait reluire un coin retroussé du toit de tôle. Les ombres des habitations voisines s'étendent peu à peu, en ondulant sur les buissons. Coupée en deux par le trait d'une antenne de télévision que l'astre du jour redessine sur la pelouse, le corps du chien repose dans une attitude sereine qui contraste avec l'impétuosité qu'il manifestait de son vivant. La chaîne du collier entoure l'une de ses pattes arrière. Dans le combat ultime que l'animal a livré à son agresseur, son entrave lui aura peut-être nui.

Didier, d'un index discret, indique à Gabriel la partie enfoncée du crâne. Il chuchote en s'assurant que ni Basilio – trop émotif – ni Fatimata – trop sensible pour tout ce qui concerne les animaux – ne l'entendent :

— On dirait bien que ce chien aussi a reçu un sacré coup de bâton.

Comme s'il avait entendu, un policier au ventre tellement gros qu'il déborde par-dessus sa ceinture, affirme en regardant les adolescents :

— Il a reçu un sacré coup de bâton.

Son collègue, un petit rougeaud qui paraît s'intéresser davantage au cabanon qu'à l'animal, précise sans regarder personne :

— Un sacré coup. Et en plein entre les deux oreilles. Donc, l'assaut venait de haut en bas et non de côté.

Gabriel lève les yeux au ciel en signe d'exaspération en songeant : « Et qu'est-ce que ça prouve, ça ? Que le tueur était meilleur pour planter des piquets que pour jouer au baseball ? » Le premier policier reprend :

— Un sacré coup, ouais ! Et, ce qui est encore plus bizarre, il s'agit du chien qui, justement, avait attaqué quatre d'entre vous plus tôt, aujourd'hui.

— Monsieur Poirier, commence Sarasvatî, est-ce que…?

— Potier, corrige le gros homme. Pas Poirier, Potier.

— Monsieur Potier, reprend Sarasvatî sans s'excuser, est-ce que vous êtes en train de nous accuser d'avoir tué cet animal ?

— Peut-être, dit-il. Désignant Basilio, il poursuit : Je trouve bizarre que la mère de notre jeune ami, ici, appelle ce midi à la municipalité pour porter plainte à propos de ce chien, et voilà que, drôle de coïncidence, en fin d'après-midi, on retrouve ledit indivi… ledit animal décédé de mort violente.

« Ma foi, il se prend pour un inspecteur de la police criminelle », songe Gabriel.

— Vous ne trouvez pas ça bizarre, vous ? insiste-t-il en collant presque son nez sur celui de Sarasvatî. Il répète son manège devant Médéric : Et vous ? Puis devant Didier : Et vous ?

— Non, monsieur, rétorque celui-ci qui, contrairement aux deux autres, ne baisse pas les yeux. Vous vous basez sur des preuves circonstancielles pour nous accuser.

— Des… des quoi ? s'étonne le gros policier.

Son collègue abandonne le cabanon pour se tourner lui aussi vers Didier.

— Des preuves circonstancielles, répète l'adolescent en replaçant les bandoulières de son sac à dos qui a tendance à glisser. Vous accusez à la légère. Si nous avions un avocat avec nous, il pourrait vous taxer de mauvaise foi.

— Un… avocat, balbutie le gros policier ne sachant trop s'il doit se fâcher contre ce garçon longiligne presque aussi grand que lui ou s'il doit craindre ses connaissances en matière juridique. Tu veux…? Il regarde les autres membres de la bande : vous voulez prendre un avocat ?

— Sans doute, monsieur, réplique Didier. Si vous nous accusez, nous avons le droit de nous taire et de demander les services d'un avocat.

Fatimata remarque, par une fenêtre de la maison, que le propriétaire du chien, un homme dans la cinquantaine au regard aussi mauvais que celui de son animal, les observe. Dans la grimace de ses mâchoires serrées, elle lit toute la rancœur qu'il entretient envers quiconque lui paraît suspect. Mais peut-être aussi est-il furieux de voir autant de gens fouler sa cour si bien entretenue. Fatimata s'apprête à lui envoyer un signe amical de la main, lui signifiant qu'elle est désolée de ses malheurs et que, par conséquent, elle n'est pas coupable, mais le policier rougeaud, qui a cessé de s'intéresser au cabanon et qui revient vers l'avant, passe devant elle.

— Mais non, n'appelez pas un avocat, déclare ce dernier. On ne vous accuse pas.

Mettant une main sur l'épaule de son collègue, il confirme :

— C'est vrai qu'on ne les accuse pas, hein Pote ?

« Pote ? songe Gabriel en s'efforçant de ne pas rire. Quel surnom ridicule ! »

— Ben non, admet le gros policier ; ben non.

Il observe Médéric, Sarasvatî, Basilio, puis revient à Didier en précisant :

— Pour le moment.

— On n'est pas coupables ! s'insurge tout à coup Fatimata qui se sent très mal à l'aise devant le regard du propriétaire fixé sur eux. Surtout que ce matin on a failli vous appeler déjà. Si on était coupables, on...

— Mais non, qu'est-ce que tu racontes, Mata ? l'interrompt Gabriel qui craint la réaction des policiers s'ils apprennent que d'autres chiens morts ont croisé leur route depuis le matin. On n'a jamais voulu appeler les policiers.

Pote et son collègue jettent des coups d'œil successifs à Fatimata et à Gabriel. Le doute fait davantage de chemin dans leur tête.

— Comment ça, nous appeler ? demande Pote. Pourquoi nous appeler ?

— Ouais, précisez un peu, ajoute le policier rougeaud.

— Mais rien, répond Gabriel. Mata a seulement voulu dire...

— Tais-toi, toi ! l'interrompt Pote, l'index à la hauteur du visage. C'est à mademoiselle que je parle. Il se tourne vers Fatimata : Que voulais-tu dire ? Pourquoi voulais-tu nous contacter, ce matin ?

— Heu… hésite l'adolescente en notant la mine catastrophée de ses amis et en reconnaissant en avoir trop dit. Je… voulais dire… En fait, je voulais vous appeler parce que… parce que…

Tout à coup, elle a une idée :

— …parce que ce matin, je me baladais dans le petit bois, à la limite du terrain de golf, et j'y ai aperçu un type qui s'y promenait… de manière bizarre.

— De manière bizarre ? C'est-à-dire ?

— Il… heu… avait un bâton de golf et je pense qu'il cherchait à resquiller en passant par le bois.

— Resquiller le golf ? s'étonne Pote. Il cherchait à entrer sur le terrain en passant par le bois ?

— J'en suis persuadée ! affirme Fatimata qui a repris de l'assurance en constatant l'expression soulagée du visage de Gabriel.

— Et tu voulais nous appeler pour ça ? s'étonne Pote.

— Oui, monsieur.

— Et qu'aurais-tu voulu qu'on fasse ? Qu'on…?

— Quel type ? demande le policier rougeaud qui, au contraire de son collègue, semble considérer l'importance de l'information. Tu le connais ?

— Mais on s'en fout, Bertrand, du resquilleur. Parlons plutôt de ce chien qui…

— Non, coupe le dénommé Bertrand en levant une main vers son collègue, mais en fixant Fatimata dans les yeux. Non, on ne s'en fout pas. Tu le connais le type qui se promenait avec un bâton de golf ?

— Eh bien, heu… hésite Fatimata, ne sachant trop si elle doit ou non dénoncer Tremblay. Je… Je pense… Je ne sais pas…

Elle scrute le visage des autres membres de la bande qui semblent aussi embarrassés qu'elle. L'Africaine en a trop dit et, en même temps, pas assez. Si elle ne collabore pas plus avant, si elle ne cite pas un nom, elle craint maintenant que les policiers ne la croient plus du tout et soupçonnent la bande d'être responsable de la mort du chien. Étrangement, elle ne parvient pas à déterminer ce qui la dérange le plus : les accusations qui risquent de peser sur elle et ses amis, ou le regard à la fois triste et haineux du propriétaire qui continue de les observer par la fenêtre.

— Je ne connais pas son prénom, répond-elle enfin, résignée, mais je sais qu'il s'appelle Tremblay.

Le petit policier rougeaud se redresse en inspirant profondément. Pendant une seconde, il paraît presque plus grand que son collègue.

— Tremblay ? répète-t-il.

— O… oui, monsieur.

Il tourne les talons, enjambe le chien et se dirige de nouveau vers le cabanon. Pote, aussi interloqué que Basilio et les adolescents de la bande des cinq continents, le regarde aller en silence. Le rougeaud se penche le long d'un mur de tôle, fouille le gazon un moment, puis se relève en tirant un objet luisant. Un éclat de lumière orange, venue du couchant, éclabousse pendant un instant les bardeaux de la maison. L'homme revient aussitôt en brandissant l'objet au bout de son poing.

— Parlez-vous de *ce* bâton de golf ?

4

Partie de pêche

X énophon Tremblay, à quarante-cinq
ans, n'aime toujours pas la police.
Quand il était jeune, il a souvent eu des
démêlés avec elle. Il croyait, depuis qu'il
avait choisi de fonder une famille, que
les forces de l'ordre le laisseraient en paix.
On dirait bien que non.

Dans l'embrasure de la porte du loge-
ment, le policier semble coincé entre les
montants tant il est gros.

— Je suis le sergent Potier, affirme
ce dernier. Puis, désignant un petit rou-

53

geaud derrière lui : Voici mon collègue, Bertrand La…

— Qu'est-ce que vous me voulez ? coupe Xénophon Tremblay en serrant sa cigarette entre les dents comme s'il s'agissait d'un bâton de réglisse.

— Nous aimerions parler à votre fils, Renaud.

— Qu'est-ce qu'il a encore fait ?

— Mais rien, répond Pote qui s'apprêtait à entrer dans l'appartement, mais qui change d'avis à cause de l'odeur de cigarette mêlée à celle du linge mouillé de sueur, du lavabo qui déborde de vaisselle sale, et des fientes de perruche qui sèchent sur le tapis sous une cage suspendue.

— Alors pourquoi vous voulez lui parler s'il n'a rien fait ?

Xénophon gratte sa barbe de trois jours avec ses ongles sales tout en fixant le policier dans les yeux. Il voit la main du petit rougeaud se poser sur le bras de son collègue pour l'inviter à dégager le passage. Potier recule d'un pas.

— Monsieur Tremblay, dit le dénommé Bertrand en prenant la place de Pote. Est-ce que vous jouez au golf ?

— Drôle de question, rétorque Xénophon.

— Répondez, s'il vous plaît.

— J'aime le golf, comme toute personne normale, mais vous savez combien ça coûte une journée au club ? Je n'ai pas les moyens.

— Vous avez l'équipement nécessaire pour jouer ?

— Pourquoi ? Vous voulez m'inviter au tournoi des policiers ?

— Répondez, s'il vous plaît.

Xénophon soupire bruyamment, puis raconte :

— J'ai gagné l'équipement de golf complet, les bâtons, le sac et tout, il y a deux ans. J'ai posté le coupon qui était dans un journal et, un jour, le facteur arrive et dit : « Hey, Xéno, tu sais pas quoi ? Tu as gagné. » Le facteur est témoin ; je n'ai pas volé le...

— Donc, coupe le rougeaud, vous avez des bâtons de golf ?

— Dans mon espace de rangement, au sous-sol de l'immeuble.

Bertrand se tourne vers la gauche et disparaît à demi de la vue de Xénophon. Il se penche légèrement et semble s'emparer de quelque chose. Lorsqu'il se redresse, il pointe devant lui la semelle émoussée d'un bois numéro trois.

— Monsieur Tremblay, dit-il pour commencer, reconnaissez-vous ce bâton de golf ?

Gabriel pose près de lui sa besace en poil de castor, son panier à poissons et sa boîte à leurres. La canne à pêche sous le bras, il replace sa veste par-dessus ses culottes courtes, et s'assoit sur un rocher plat. Il se relève aussitôt. Dardées par les rayons du soleil, les roches brûlent littéralement. L'Innu frotte avec énergie l'arrière de ses cuisses douloureuses.

— Vaut mieux s'asseoir sur l'herbe, suggère Didier en pliant les genoux pour s'installer. Ici, c'est confortable.

Gabriel tape les pousses avec son pied pour se ménager un endroit près du bord de l'eau. Sans le regarder, il suggère à son ami :

— Tu devrais enlever ton sac à dos ; il va te gêner pour lancer ta ligne correctement.

— Ah ? C'est une idée, rétorque Didier en appliquant de la crème antimoustiques sur sa nuque. J'y suis si habitué que je ne le sens même plus.

— Vous m'aidez, les gars ? demande Fatimata. J'ai besoin de quelqu'un pour me tendre les contenants de jus pendant que je les place dans l'eau.

— Demande à Cappuccino qui est près de toi, dit Didier, taquin.

— Je m'en occupe, Mata, dit Médéric, plus sérieux, qui s'empare du panier à pique-nique. Tiens, voilà le premier.

— Ici, le courant est froid, assure l'Africaine en plongeant les emballages dans l'onde. Nos breuvages vont rester bien frais.

— J'ai placé les fruits dans un récipient en plastique, indique Sarasvatî en se penchant près de Fatimata ; dépose-le avec les jus. Le couvercle n'est pas tout à fait étanche, mais un peu d'eau dans les fruits, ce n'est pas grave. Comme ça, on les mangera frais, eux aussi.

— N'y mets pas les sandwiches, rigole Didier.

— Qu'il est bête ! s'exclame Fatimata dans un grand éclat de rire.

— Non, ce n'est pas bête, dit Sarasvatî en souriant, ainsi on serait certains de ne pas bouffer de sandwiches au pain sec.

— Ouache ! laisse échapper Gabriel qui, bien que concentré sur le ver qu'il

57

est en train de piquer sur son hameçon, imagine le casse-croûte tout détrempé. Puis, lançant sa ligne à l'eau d'un geste expert, il déclare : Allez ! Le premier qui prend une truite a droit à la tablette de chocolat que nous avons en surplus !

— Ce n'est pas juste, s'insurge Sarasvatî qui observe son propre attirail de pêche encore emballé dans un sac en toile. On s'occupait d'abord du pique-nique ; on n'a pas eu le temps encore d'assembler nos cannes à pêche.

— Loge un protêt, plaisante Didier qui vient de jeter sa ligne à son tour. Moi, je relève le défi.

— Et moi aussi ! clame de son côté Médéric tandis qu'il raccorde les viroles de sa canne à lancer. Heu... Gabriel, tu m'aides à mettre un ver ?

Tandis que l'Innu, bon prince, abandonne sa perche pour initier Médéric à l'art de fixer un appât, les filles s'empressent de déballer leur équipement pour accepter le pari des garçons. Soudain, Fatimata se redresse et fixe la frondaison qui masque l'entrée du sentier par lequel la bande est arrivée.

— Qu'il y a-t-il ? s'informe Sarasvatî en écrasant sur son poignet un moustique qui la piquait.

Un tamia bondit entre deux trembles et disparaît en manifestant son mécontentement par des cris. Cappuccino, aux pieds de sa maîtresse, n'a pas bronché.

— Ah ! se désole l'Africaine. Ce n'est qu'un petit suisse. Je croyais avoir entendu Basilio arriver.

— Pas si tôt, rétorque son amie hindoue. Sa mère a dit qu'il nous rejoindrait après un rendez-vous chez le dentiste. Ça peut être long.

— C'est vrai, se dit Fatimata en se concentrant de nouveau sur l'assemblage de sa canne à pêche. Je suis un peu inquiète pour ce jeune garçon ; il me paraît si fragile.

— C'est parce que son histoire t'a touchée, jette Didier sans se retourner, le regard fixé sur la ligne qu'il ramène à l'aide de son moulinet. Ne te tracasse pas pour rien, il est en sécurité maintenant. Préoccupe-toi plutôt de Tremblay que les policiers ont désormais dans leur collimateur.

— Je ne peux pas croire qu'on puisse être méchant au point de frapper des animaux… et avec une telle sauvagerie, soupire l'Africaine après avoir mouillé l'extrémité de son fil de pêche sur le bout de sa langue.

Fermant un œil pour passer la ligne de soie entre les anneaux, elle poursuit :

— S'il est condamné, il n'aura que ce qu'il mérite.

— Les policiers nous ont dit que le bâton de golf n'appartenait pas au père de Tremblay, fait remarquer Sarasvatî.

— Ils ont sans doute menti, lui et son père, rouspète Fatimata sans lever les yeux de la ligne, feignant d'être concentrée, mais en fait un peu troublée – et étonnée – de sa propre agressivité.

Dès qu'il s'agit d'animaux, l'Africaine se sent toujours très concernée. Comme pour rassurer Cappuccino qui pourrait s'offusquer de la brusquerie soudaine de sa maîtresse, elle la câline d'une longue caresse qui part des oreilles jusqu'au bout de la queue.

— Selon ce que l'agent Pote-Potier m'a affirmé au téléphone lorsque j'ai appelé pour m'informer, raconte Didier en renvoyant son hameçon et sa cuiller dans l'onde, le bâton ne correspond pas à ceux du père Tremblay.

— Tu parles ! s'exclame Gabriel tandis qu'il ramène le dernier mètre de sa ligne. Tout correspond au seul bâton manquant dans le sac de Tremblay : le type de bois, la marque, la qualité… Mais ce vilain bonhomme prétend que ce n'est pas le sien, car ses initiales ne sont pas inscrites sur le manche. De plus, il pousse l'audace jusqu'à porter plainte aux policiers pour le vol de son bois numéro trois !

— C'est quand même curieux que le seul bâton qui ne possède pas ses initiales soit celui-là, estime Didier. Il a peut-être raison ; ce n'est peut-être pas le sien.

Poussant un « Ha ! » ironique pour marquer son désaccord, Gabriel, d'un geste éprouvé, fait tournoyer l'embout de sa canne à lancer au-dessus de sa tête. Hameçon et cuiller retournent en direction de l'étang. La soie translucide effectue une courbe parfaite et jette dans son sillage des gouttelettes d'eau qui luisent des couleurs de l'arc-en-ciel. Une alvéole éphémère creuse l'étang en provoquant des cercles concentriques qui viennent clapoter sur les cailloux de la rive.

— Ne me fais pas rire, lance enfin l'Innu en reprenant un lent rembobinage de sa ligne à l'aide du moulinet. Je trouve que, cette fois, tes « preuves circonstancielles » commencent drôlement à jouer en défaveur du chef de la bande des Pure laine : un bâton de golf disparaît chez Tremblay ; Fatimata surprend le Tremblay en question en train de se balader avec un bâton semblable dans un secteur où on trouve deux chiens tués d'un violent coup à la tête. Le soir même, un troisième chien, mort de façon identique, est trouvé à côté de... de quoi ? D'un bâton de golf, pardi. Un bâton qui correspond point pour point au bois numéro trois qui a été dérobé chez le père du suspect. Si on a besoin de preuves supplémentaires pour accuser Tremblay de l'attaque des chiens, je me demande bien lesquelles.

— En tout cas, une chose est certaine, affirme Sarasvatî en s'assoyant sur une butte un peu à l'écart pour éviter que, en la lançant, sa ligne se prenne dans celle des autres. Maintenant que Tremblay sait que les policiers le soupçonnent, il se tiendra tranquille. Il ne prendra pas le risque de frapper un autre animal.

Un ange passe, puis Gabriel maugrée si bas qu'on l'entend à peine :

— Il est tellement bête que je ne serais pas surpris qu'il recommence dès aujourd'hui.

Depuis un moment, on n'entend plus que les clapotis des vaguelettes, les trilles

des insectes et les cliquetis des moulinets. Chaque membre de la bande des
cinq continents est absorbé dans ses pensées. Les prises se sont accumulées dans
le panier à truites qu'on a pris soin de
placer à l'ombre d'un buisson. À inter-
valles réguliers, les lombrics, plombs et
flotteurs virevoltent au-dessus des têtes
puis retournent à l'eau dans un plouf
retentissant. Sans surprise, Gabriel est
de loin le plus adroit du groupe et celui
qui compte le plus de prises. Médéric,
quant à lui, passe son temps à se lever et
à aller décrocher son hameçon pris dans
les arbres.

— Vous avez entendu ? demande tout
à coup Fatimata tandis qu'elle vient de
ramener sa ligne et qu'elle s'apprête à la
relancer.

— Quoi ? lui répondent quatre voix
simultanées et quelque peu distraites.

— Un cri. Vous avez entendu ce cri
dans les bois ?

— Rien entendu, répond Didier d'un
ton absent.

— Non, Mata, dit Médéric.

— Je suis pourtant certaine… s'écrie
l'Africaine en abandonnant sa canne à
pêche sur le sol et en se levant pour faire
face au sentier.

— Ce sont les écureuils, Mata, indique Sarasvatî sans quitter son moulinet des yeux.

— Mais non ! Même ma Cappu est nerveuse ; vous voyez ? Elle fixe le bois, le dos arrondi... Là encore ; on vient d'entendre un petit...

— C'est vrai, confirme Gabriel qui vient de se lever à son tour. J'ai entendu moi aussi. On aurait dit... comme la plainte d'un loup... enfin, d'un chien.

— Mon dieu ! Est-ce que ça veut dire...? amorce Didier sans terminer sa question.

— On va voir ? demande Sarasvatî qui s'est tournée à demi.

— Ce... c'est prudent ? s'inquiète Médéric qui tient sa canne à pêche à deux mains comme s'il s'y retenait.

— Si c'est Tremblay qui fait encore des siennes, suppose Didier, et qu'il en a contre nous d'avoir envoyé la police chez lui, on en est quittes pour une raclée.

— Il ne s'attaquera pas à nous si nous y allons tous les cinq, suggère Gabriel qui dépose sa canne à pêche sur le sol et se dirige déjà vers le sentier. Il ne peut nous battre à lui seul.

— Et s'il se trouve avec toute sa bande des Pure laine ? émet Fatimata. Avec le

65

grand Bissonnette et les jumeaux Bouchard, ensemble, ils sont assez forts pour se servir de nous pour appâter le poisson.

Gabriel s'arrête net avant de s'engager dans le bosquet. Il n'avait pas pensé à ce détail.

— Et alors ? dit Sarasvatî, sarcastique et la plus agressive du groupe, en balançant sa canne à pêche dans un buisson. Ils vont trouver à qui parler, ces xénophobes !

Et, dépassant Gabriel, la voilà qui repousse le feuillage pour pénétrer sous le couvert des arbres.

Feignant un courage qu'il ne possède pas tout à fait, l'Innu s'enfonce à sa suite, suivi par un Didier un peu plus hésitant et une Fatimata et un Médéric qui le sont bien davantage. Les cinq amis marchent pendant plusieurs mètres sur la piste de terre battue couverte de mousse. Soudain, Sarasvatî s'arrête sans crier gare. Elle lève un bras pour désigner de l'index une masse sombre sur le sol devant elle.

— Un chien, murmure-t-elle.

— Oh non ! s'exclame Fatimata qui s'élance pour passer devant tout le monde. Pas encore !

L'Africaine rejoint sa copine et distingue, elle aussi, un amas de poils qui gît contre le tronc d'un chêne. Une plainte monte de l'animal au moment où il bouge une patte comme s'il cherchait à se relever.

— Il est vivant ! lance l'adolescente en se précipitant vers l'animal. Pauvre bête !

— Attends, Mata ! prévient Sarasvatî en tentant de la retenir ; ça peut être dangereux. Il peut te mordre.

Mais la jeune Noire ne l'écoute pas et se penche déjà sur l'animal. Ses amis se rapprochent avec prudence. Fatimata soulève la tête du chien et la pose sur ses genoux. L'animal halète, les yeux à demi-fermés. Il ne saigne pas, mais sur le côté de son crâne, une touffe de poils a été arrachée.

— Il... Il est en train de mourir ? demande Médéric.

— On dirait que le coup a dévié, indique Gabriel. Il a dû voir venir le bâton et a cherché à l'éviter.

— Qui a fait ça ? rugit Sarasvatî.

— Il ne peut pas être loin, signale Didier en regardant autour de lui, inquiet. Il ne peut que...

Un autre cri étouffé, venu de plus loin sur le sentier se fait entendre. À la même seconde, les cinq amis ont entendu le son d'un choc sourd... comme un coup de bâton.

— Ce n'était pas...? commence Didier.

— Ce n'était pas un chien, complète Gabriel, certain de son affirmation. C'était un cri humain.

Médéric sent ses jambes mollir sous lui. Il oublie les moustiques qui s'acharnent sur sa peau tandis que la peur l'envahit.

— Un humain ? répète-t-il. On vient de frapper… quelqu'un ?

— On y va ? demande Sarasvatî en regardant Gabriel dans les yeux.

« Elle cherche à se donner du courage, songe l'Innu. Elle veut être certaine de ne pas se retrouver seule devant un ennemi très, très dangereux. » Étrangement, cela le rassure de savoir qu'il n'est pas seul à craindre ce qui les attend.

— On y va tous les trois : toi, Didier et moi. Fatimata et Médéric, vous restez près du chien.

S'emparant chacun d'une branche en guise de gourdin, les trois compagnons s'avancent à pas mesurés dans le sentier. Ils atteignent quelques courbes qu'ils franchissent à pas lents, scrutant les alentours pour ne pas se faire surprendre. Sarasvatî est toujours en tête. Une fois de plus, elle s'arrête en surprenant ses compagnons.

— Qu'y a-t-il ? demande Didier qui cherche à voir par-dessus l'épaule de l'adolescente.

— Il… il y a un corps étendu sur le sentier. Il… quelqu'un est…

Gourdin dressé devant elle pour se protéger, elle fait trois pas puis s'élance sans plus songer à sa garde.

— Sapristoche, Sara ! clame Didier qui, en compagnie de Gabriel, continue de scruter les alentours. Sois prudente ! Tu vas...

— Mon Dieu ! s'écrie-t-elle. Les gars, vite ! Venez m'aider. C'est Basilio !

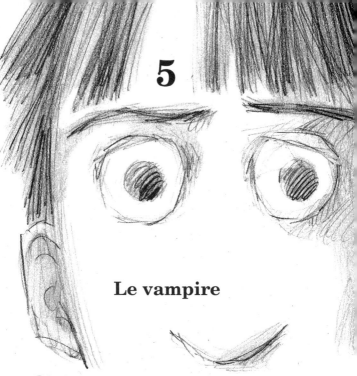

Le vampire

Gabriel se penche pour éviter la branche basse d'un érable et s'installe auprès de Sarasvatî. Déjà, grâce aux soins de l'adolescente, Basilio revient à lui, une bosse monumentale sur le côté gauche de la tête. Son œil de verre reste fermé tandis que sa paupière droite papillote.

— Basilio, ça va ? Tu as mal ?

Le jeune Péruvien reste muet, se demandant ce qu'il fait là, étendu dans la mousse au pied d'un érable. On ne sait même pas s'il reconnaît Sarasvatî.

— Tu t'en sors, mon grand ? demande Didier qui vient de s'approcher à son tour. Que s'est-il passé ? Qui t'a fait ça ?

Puis, comme si la mémoire lui revenait en une fraction de seconde, Basilio se redresse en tirant la manche de Sarasvatî et hurle :

— Aaah ! Il est par ici ! Fuyons ! Vite !

— Mais qu'est-ce que tu racontes, Basilio ? riposte l'adolescente en cherchant à le retenir. Ne bouge pas ; tu vas…

Encore étourdi par le coup qu'il a reçu, le Péruvien retombe sur son séant, l'œil hagard, la bouche mi-ouverte. Didier et Gabriel le saisissent chacun par un bras.

— Allons, du calme, Basilio, lui enjoint le Français. Nous sommes là ; il n'y a plus de danger. Qui t'a fait ça ?

Le jeune garçon observe tour à tour les deux adolescents et semble trouver dans leur calme apparent le réconfort dont il a besoin. Il cesse de se débattre et reprend son souffle.

— Que s'est-il passé, Basilio ? demande à son tour Gabriel de sa voix, plus grave et plus posée que celle de Didier. Qui t'a fait ça ?

Le Péruvien le regarde avec intensité et l'Innu note dans la lumière de son œil valide que la panique est sur le point de revenir. Le jeune garçon réussit toutefois à se contenir et répond :

— Kharisiri !

— Pardon ? s'étonne Sarasvatî. Qu'as-tu dit ?

— Le Kharisiri, répète Basilio.

— C'est qui, ça ? demande Didier.

— Le vampire des Andes.

— Vous comprenez, expose Didier à la tante de Basilio, cet incident est très grave. Il faut le déclarer à la police. On ne s'en prend plus à des animaux, mais à des enfants. Peu importe de qui il s'agit, quelqu'un a frappé votre neveu avec un bâton.

La femme a une main sur la bouche, ses grands yeux clairs sont humides, et les adolescents croient qu'elle va se mettre à pleurer. Désemparée, elle les observe tour à tour, Didier, Gabriel, Sarasvatî, puis regarde les marches de l'escalier qui monte à la chambre de Basilio.

— Il faut porter une plainte officielle, madame, insiste Gabriel avec l'approbation de Sarasvatî qui hoche la tête de haut en bas ; il faut emmener Basilio à l'hôpital. En tout cas, nous, nous allons de ce pas témoigner au poste de police.

— Non ! réagit la femme en tournant vers l'Innu un regard suppliant. Non. Il faut... Je dois d'abord en parler à Maurice, mon conjoint. On ne peut pas... Nous devons...

— Mais enfin, madame, insiste Didier, vous ne vous rendez pas compte de la gravité de...

— Écoutez, les enfants...

Elle prend le bras de Didier pour l'amener dans la maison. Celui-ci résiste avec mollesse en lançant à ses compagnons un regard embarrassé. Ne sachant trop comment réagir eux-mêmes, préférant laisser la femme exposer son point de vue – même inutilement – plutôt que de la voir fondre en larmes, ils la suivent jusqu'au sofa. La mère adoptive de Basilio y pose son large postérieur puis, la main toujours sur la bouche, fait des efforts pour retrouver assez de calme pour commencer son plaidoyer. Elle n'ose regarder aucun des adolescents dans les yeux et, quand elle se décide à parler, se contente de fixer le poli de la table de salon.

— Il vous a parlé du Kharisiri, n'est-ce pas ?

— Oui, répond Didier. Il était encore à moitié sonné.

— Il a précisé qu'il s'agissait du vampire des Andes, renchérit Sarasvatî. Il a dû recevoir un sacré coup…

— Mon dieu ! Mon dieu ! murmure la femme en baissant la tête pour enfouir son visage dans ses mains. Je vais devenir folle, moi aussi.

— Aussi ? s'étonne Didier en prenant sa voix la plus douce. Pourquoi « aussi »? Basilio n'est pas fou ; il…

— Je ne le crois pas fou, coupe la femme en relevant les yeux sur l'adolescent, mais les médecins le croiront ; les psy le croiront !

— Mais non, proteste Sarasvatî. Pourquoi voulez-vous que…?

La femme interrompt la jeune hindoue d'un soupir sonore puis jette un œil vers l'escalier comme pour s'assurer que Basilio ne vient pas les surprendre. Ensuite, plongeant son regard tour à tour dans celui des adolescents, elle dit :

— Depuis son aventure dans la clinique péruvienne où on lui a volé ses organes, Basilio voit le Kharisiri partout. Il ne croit pas que des humains auraient

pu être aussi méchants avec lui ; il est certain d'avoir été victime de ce démon.

— C'est qui – ou quoi – exactement, ce Kharisiri ? demande Gabriel.

La mère adoptive a un mouvement vague de la main :

— Il s'agit d'un personnage mythique de la région du Lac Titicaca.

— C'est au Pérou ? demande Gabriel.

— Ben oui, quoi ! réplique Didier en haussant les épaules pour marquer l'évidence. C'est un lac immense, une vraie mer intérieure. C'est même le lac navigable le plus haut du monde, car il se trouve dans les Andes à près de 4000 mètres d'altitude.

— Bien sûr. Où avais-je la tête ? rétorque Gabriel en prenant une expression ironique. Tout le monde sait ça.

— Le centre du lac sert de frontière entre le sud du Pérou et le nord de la Bolivie, conclut Didier, sûr de lui, et d'un geste de la main vers la tante de Basilio il l'invite à poursuivre son récit.

Celle-ci, inclinant le menton pour, à la fois, approuver les explications de Didier et le remercier, reprend son histoire.

— On relate la légende du Kharisiri jusqu'à Potosi, une ville du sud de la Bolivie. On l'appelle parfois le *Liqichiri*, nom qui signifie, dans les langues autochtones de la région : le « suceur de graisse ». De graisse humaine, s'entend. D'où cette comparaison avec les vampires qui sucent le sang. D'autres l'appellent *Pishtaco*, c'est-à-dire, « l'égorgeur ».

— Il y a de quoi traumatiser un enfant, fait remarquer Sarasvatî en grimaçant avec une moue de dégoût.

La mère adoptive poursuit :

— La tradition raconte que quiconque se trouve face au Kharisiri devient hypnotisé, complètement à sa merci. Le démon en profite alors pour absorber, soit la graisse du corps de sa victime, soit son sang…

Elle lève l'index pour signifier que ce qui suit est important :

— … soit ses organes.

— Vraiment ! s'exclame Sarasvatî.

— Et Basilio connaissait cette légende lorsqu'il vivait au Pérou ? demande Didier.

— Comme tous les enfants des Andes, soupire la femme.

— C'est stupide ! grogne Sarasvatî qui ne comprend pas que les adultes prennent ainsi plaisir à effrayer les enfants.

La femme ouvre les bras en signe d'impuissance et explique :

— Un peu comme ici lorsque, pour tromper les petits qui ne veulent pas aller dormir, on les effraie avec le Bonhomme sept heures. La légende du Kharisiri fait partie de la tradition locale.

— Maintenant, je comprends pourquoi vous craignez que les médecins pensent que Basilio est... a des problèmes psychologiques, avance Gabriel. Basilio va affirmer que celui qui l'a frappé est le Kharisiri et comme les policiers vont se fier à ce rapport médical, ils n'entreprendront pas d'enquête. L'idiot qui s'amuse à frapper les chiens – et les gens – avec son bâton, va continuer de sévir.

— Vous voyez ? Il est inutile de dénoncer l'agression et ça évite à mon garçon d'être catalogué parmi les aliénés.

— Dites-moi, madame, demande Sarasvatî. Je sais que Basilio croit à ce... cette légende du Kharisiri, mais vous ? Vous y croyez, vous ?

Pour la première fois depuis le matin, la femme paraît plus amusée qu'inquiète.

— Non, répond-elle en se laissant aller contre le dossier du sofa. Je n'y crois pas, bien sûr. Toutefois...

Elle plisse les lèvres, fronce les sourcils, puis reprend...

— Toutefois, bien des gens dans les Andes y croient. Et puis...

Elle pince les lèvres, observe les adolescents tour à tour, puis dit :

— Non, rien.

— Quoi ? insiste Sarasvatî. Si, allez-y. On sentait que vous alliez dire quelque chose d'important.

— C'est un peu bête.

— Certainement pas, affirme Didier. Vous n'avez rien dit de bête depuis tout à l'heure. Quelle précision alliez-vous ajouter ?

— C'est à propos de la forme du vampire. Du Kharisiri. Vous savez de quelle façon il se présente devant ses victimes pour les tromper ? Je veux dire, lorsqu'il ne prend pas forme humaine ?

— Une chauve-souris ? risque Didier.

La femme hoche la tête, se lève et se dirige vers l'escalier. Avant de monter rejoindre Basilio pour s'assurer que tout va bien, elle se retourne vers les adolescents restés interdits, puis révèle :

— Il prend la forme d'un... chien.

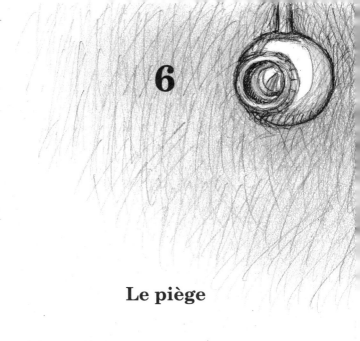

6

Le piège

Fatimata, penchée sur le chien blessé, lui caresse l'encolure. Elle l'a étendu sur une couverture propre, sous le perron, à l'arrière de la maison. Elle aurait bien aimé lui offrir le confort du tapis moelleux du sous-sol, mais sa mère refuse que l'animal soit hébergé dans la maison.

— D'abord, a-t-elle affirmé en fermant la porte à Fatimata, Médéric, Sarasvatî et leur fardeau, même si son état est pitoyable, on ignore si cet animal n'a pas des tiques ou la rage. Et qui

81

nous dit qu'il ne vomira pas partout ? De plus, vous ne trouvez pas que la faune est déjà plutôt abondante ici ? Le gouvernement est sur le point de décréter notre sous-sol « Parc National ».

— Comment il s'appelle ? demande Médéric tandis qu'il observe la main de son amie africaine se perdre dans les poils tachés de boue.

— Comment veux-tu qu'on le sache, Médé ? réplique Sarasvatî. Il n'a pas de collier.

— Il faudrait lui trouver un nom, dit le gros garçon.

— T'as une idée ?

— Non.

— Appelons-le Moka, propose Fatimata qui n'arrête pas de caresser l'animal. Son poil a une couleur qui ressemble au café.

Sarasvatî ne peut retenir un rire.

— Tu n'es pas très originale, toi, rigole-t-elle. Cappuccino, Moka... On dirait que tu aimes les appellations... à la caféine.

L'Africaine rit à son tour.

— Ce doit être à cause de ma couleur de peau, rétorque-t-elle en pouffant. J'ai aussi une perruche appelée Java et un lézard qui répond au nom d'Arabica.

82

— Va pour Moka, dit Médéric qui ose passer la main sur le flanc de l'animal pour le caresser à son tour. J'aime ça.

Sous l'effleurement moins doux du Tahitien, le chien relève un peu le museau, mais n'en apprécie pas moins les câlineries des adolescents.

— Tu aimes ça aussi, Moka ? demande Fatimata à l'animal. Hum ? Tu aimes ? C'est ton nom désormais.

Pour toute réponse, la bête referme à demi les paupières, sa langue pendant de sa gueule entrouverte.

— Bon, moi j'y vais, souffle Sarasvatî en dépliant les genoux et en s'extirpant de sous le perron. Je te raccompagne chez toi, Médé ?

— Si Mata n'a plus besoin de nous...

— Mais non, Médé ; tu peux y aller, réplique l'Africaine sans cesser de rassurer le chien. On ne va quand même pas veiller sur Moka à tour de rôle toute la nuit.

Tandis que Médéric émerge à son tour de sous le perron, Sarasvatî, à demi penchée, les mains appuyées sur les genoux, demande :

— Tu as peur qu'il meure, Mata ?

Cette dernière pousse un profond soupir, puis répond :

— C'est toujours possible, mais je ne vois rien d'autre à faire pour le moment qu'attendre. Je vais lui apporter de l'eau et venir le voir deux ou trois fois d'ici à demain matin. S'il survit à la nuit, je suppose qu'il est sauvé.

— Espérons que le criminel qui a fait ça ne viendra pas achever son travail pendant qu'on sera partis, laisse tomber Médéric alors qu'il monte la côte donnant accès à l'allée du jardin.

— Qu'est-ce que tu dis ? s'inquiète Fatimata en apparaissant de dessous le perron. Tu… tu crois qu'il va… qu'il peut revenir…?

— Mais non, Mata, dit Sarasvatî rassurante. Il n'y a pas de danger que…

— Mais si, au contraire ! lance-t-elle, tout à coup sûre d'elle-même. Médéric a raison ; je n'y avais pas pensé.

— Ah, zut ! Médéric ! Pourquoi lui as-tu mis cette idée en tête ? Il n'y a pas de danger, je vous dis. Le malade qui a fait ça croit qu'il a tué le chien. Il n'y a que nous cinq et Basilio qui sommes au courant. Personne ne nous a vus et nous n'avons même pas avisé la police.

Fatimata semble s'apaiser à cette perspective sans être toutefois soulagée.

— Tu… tu as raison, bredouille-t-elle.

— J'ai une idée, annonce Médéric, le visage illuminé. On va placer un surveillant qui va veiller Moka toute la nuit.

— Qu'est-ce que tu racontes, Médé ? dit Sarasvatî en levant les paumes vers le ciel. Qui va vouloir passer la nuit couché sous le perron pour surveiller le…?

— Non, proteste le Tahitien. Je vais installer sous le perron une webcaméra couplée à un détecteur de mouvements. Comme ça, si Moka se lève ou si quelqu'un approche à n'importe quel moment, une alarme se déclenchera.

— Il commence à faire noir, Gab. Tu crois que c'est le temps d'aller se promener dans le bois ?

— Ce ne sera pas long, réplique Gabriel à Didier tandis que les deux copains s'enfoncent dans le sentier. On ne va pas loin et ce ne sera pas long.

— Qu'est-ce que tu espères ? Que le criminel retourne sur le lieu de son crime et qu'on le surprenne ?

— Cesse de dire des bêtises et raconte-moi plutôt ta rencontre avec les jumeaux Bouchard.

— Ouais, eh bien, c'est ça que j'avais commencé à t'expliquer, reprend le Français en donnant une tape sur son bras pour écraser un moustique. J'allais au dépanneur quand, en passant devant la sortie de Cascadiapolis, le commerce d'arcades et de jeux vidéo, je vois apparaître les deux porcs-épics de couleurs.

Gabriel sourit à l'évocation des deux jumeaux dont les cheveux sont coiffés en pointe et colorés d'une teinte différente. Bleu pour l'un, orange pour l'autre. « Si pareillement stupides et méchants, songe l'Innu, que sans ces couleurs, il serait impossible de les distinguer l'un de l'autre. »

— En l'absence de Tremblay et de Bissonnette pour les protéger ou leur dire quoi faire, continue Didier, ils ne savaient pas s'ils devaient me frapper ou fuir à toutes jambes. Devant leur indécision, j'ai eu le temps de les mettre en garde.

— Qu'est-ce que tu leur as dit ?

— Que nous savions que c'étaient eux les coupables, que nous trouverions les preuves pour les faire enfermer, et qu'ils croupiraient en prison avec des motards qui s'amuseraient à les battre.

Gabriel éclate de rire.

— Tu as dû les effrayer pour de bon.

— Ils n'avaient même pas l'air de savoir de quoi je parlais. Ils restaient là, le regard éteint, la bouche mi-ouverte, à me fixer sans broncher.

— C'est vrai qu'ils ne sont peut-être même pas au courant, dit Gabriel. Il est possible que Tremblay agisse seul.

— Non. Fatimata dit que l'un des jumeaux était présent lorsqu'elle a surpris Tremblay avec le bâton. Aïe !

Gabriel se retourne sans ralentir son pas.

— Qu'est-ce qu'il y a ?

— Rien. Saleté de moustique.

L'Innu prend un embranchement où le couvert des arbres est plus profond ; la lumière décline rapidement. Même s'il n'a pas peur de perdre son chemin, le garçon a besoin de distinguer convenablement ce qu'il est venu vérifier. Tout en accélérant le pas, il déclare :

— Bon, admettons que, la première journée, Tremblay était avec l'un des jumeaux. Le lendemain, quand Basilio a été frappé, peut-être Tremblay a-t-il agi seul.

— Mouais. Ça se peut.

— Qu'ont fait les jumeaux après que tu leur as parlé ? Ils sont partis ?

— Comme ils ne réagissaient pas, j'ai parlé de Basilio et du dernier chien, celui qui n'est pas mort. Je leur ai dit que le chien, quand il irait mieux, les retrouverait.

— Tu es marrant, lance Gabriel, mi-sévère mi-amusé. Comment veux-tu que ce pauvre animal les retrouve même si...?

— Je sais bien, coupe Didier en éclatant de rire. Mais tu aurais dû voir leur tête ! À l'idée de savoir qu'un chien féroce les poursuivrait où qu'ils soient, j'ai cru qu'ils allaient en perdre connaissance.

— C'est ici.

Didier s'arrête près de Gabriel et regarde autour de lui. Dans cette lumière qui brunit, il ne reconnaît pas l'endroit.

— T'es sûr ?

— Oui. Basilio était étendu là. Vois : la terre est remuée par ici et ce buisson a été écrasé. Nous, nous l'avons aperçu de la courbe, juste là.

— Je ne me souviens même pas de cet érable, avoue Didier qui est trop distrait pour retenir les détails. Mais j'ai confiance en ton flair montagnais.

— Innu.

— Innu, si tu veux.

Gabriel observe le sol un moment, s'attarde sur la branche de l'érable qui croise le sentier, revient vers le sol... Soudain, il se penche et, du milieu d'un fourré, retire un bâton.

— Un gourdin, s'exclame Didier. Tu crois que c'est celui avec lequel Tremblay... je veux dire, quelqu'un a frappé Basilio ?

— Pas du tout, réplique Gabriel en rejetant le bâton. C'est la branche que Sarasvatî avait en main pour se défendre. Regarde là. J'ai jeté le mien dans cette poche d'eau, dans la mousse.

— Alors quoi ? Que cherches-tu ?

— Viens.

Gabriel entraîne Didier encore plus loin, jusqu'à l'endroit où la bande a trouvé Moka.

— Le chien était là, affirme le jeune autochtone en désignant le coin d'herbes tapées au pied du chêne. Aide-moi à trouver un objet quelconque qui aurait pu servir à le frapper.

Les deux amis fouillent un moment dans les fourrés tout en revenant sur leurs pas. À mi-chemin environ, entre le chêne et l'érable, à moins de deux mètres de la piste, Didier repère une branche de baumier quasiment droite, en forme de bâton de baseball. Gabriel l'examine et, à l'extrémité la plus massive, relève une altération de l'écorce et des poils de chien.

— L'arme du crime, murmure Didier. Je devrais dire : l'arme des crimes.

— Non, réplique Gabriel. Ce bâton a frappé le chien, mais pas Basilio.

— Comment peux-tu en être certain ?

— Si, après s'en être pris à l'enfant, l'agresseur était revenu sur ses pas pour jeter le bâton ici, il se serait immanquablement heurté à nous.

— Il l'a frappé avec un autre bâton ?

— On l'aurait trouvé… à moins qu'il l'ait gardé avec lui.

— C'est possible, approuve Didier en faisant une moue. Je ne vois pas d'autres…

— Moi, si, affirme Gabriel.

Didier observe son compagnon en silence pendant quelques secondes. Il le connaît bien. Quand celui-ci demeure immobile de cette façon, qu'il écoute la forêt, qu'il scrute la moindre nuance dans la lumière du feuillage, qu'il laisse le plus infime poil de son corps ressentir les remous de l'air, c'est qu'il interroge la nature. Le plus étrange, dans ces moments, n'est pas l'attitude du jeune Innu, mais plutôt qu'il semble percevoir ce que l'environnement soustrait à celui qui ne sait pas l'interpréter.

Toujours en silence, Didier s'engage sur les pas de Gabriel qui vient de se diriger vers l'endroit où Basilio a été trouvé. À l'approche de l'érable, l'Innu s'arrête de nouveau, tend l'oreille, médite, parcourt les buissons des yeux, la piste, la mousse, les branches…

Puis, soudain, tel un ressort qui se détend, il repart sur la piste en direction de la ville sans prononcer un mot. Surpris, Didier doit courir pour le rattraper.

— Hé ! Où vas-tu ? demande-t-il. Tu as trouvé quelque chose ? Tu as une idée ?

— Rentrons. Il va faire nuit, répond simplement l'Innu.

— Comment ça ? Tu as…? Qu'as-tu en tête ?

Accélérant le rythme, Gabriel réplique :

— Je sais ce qui s'est passé.

Médéric souffle et crache ; l'air lui manque. La dénivellation est abrupte, longue,

glissante… Quand il croise un arbre, il s'accroche aux branches, mais celles-ci se brisent ou se dérobent. Devant lui, le sommet de la montagne semble s'éloigner à mesure qu'il s'en rapproche ; derrière lui, le chien arrive à toute vitesse, crocs sortis. Ses pattes griffues s'agrippent à la roche avec force, l'obligeant à accélérer sa course folle. Médéric tombe tout à coup dans une poche de sable mouvant et tandis qu'il s'enfonce déjà jusqu'à la taille, il jette un dernier regard inquiet sur son poursuivant. La bête arrive, gueule béante ! Dans un ultime effort, un ultime bond, elle fond sur lui en aboyant. En fait, il s'agit davantage d'un glapissement que d'un aboiement. Un glapissement qui se transforme en cri de petite fille puis en sonnerie. Une sonnerie discontinue. Sourde. Puis claire. Puis sourde de nouveau.

Médéric se réveille enfin. L'alarme de l'ordinateur portable placé sur sa table de chevet émet des notes claires et sourdes en alternance. Le garçon regarde l'horloge sur la barre des tâches : 22 h 38. Il dort depuis un peu plus de vingt minutes. Il cligne des yeux en replaçant ses lourdes lunettes d'écaille sur son nez et coupe l'alarme en appuyant sur une touche du clavier. Il fixe l'écran du portable, mais ne distingue rien que la masse immobile de Moka endormi. Le mouvement doux et régulier de son thorax indique que l'animal respire toujours. Médéric attend encore un peu puis, ne repérant aucun déplacement suspect, rien qui puisse déclencher l'alarme, finit par se demander si un animal du voisinage, un autre chien ou un chat, ne rôderait pas dans les alentours. Au moment où il va ôter ses lunettes pour se recoucher, une ombre bouge.

Le garçon plisse les yeux et tente de régler les paramètres de l'image de son logiciel de surveillance. Le fond semi-éclairé devient éblouissant, puis trop sombre, puis éblouissant de nouveau...

— Qu'est-ce que je vois bouger, là ? murmure Médéric, pas vraiment inquiet, jouant avec les réglages. Un gros chaton ou un vilain chien de...?

Il se tait tout à coup, l'image révélant une silhouette humaine éclairée à contre-jour par la lumière cendrée de la rue. Il ne distingue aucun trait, mais à la démarche, à la taille, il comprend aussitôt qu'il ne s'agit pas de Fatimata. De toute façon, l'Africaine avait promis de ne pas s'approcher de Moka au cours de la nuit.

Et elle ne brandirait sûrement pas ce bâton entre les mains.

— Gabriel, tu diras à tes amis de ne pas t'appeler si tard, d'accord ?

— Oui, maman ! lance l'adolescent en direction de la mince ouverture de la porte de sa chambre.

— Après 22 heures, je trouve que c'est exagéré.

Tandis que le son du téléviseur se fait de nouveau entendre dans le salon, Gabriel, qui s'apprêtait à se coucher, décroche son téléphone personnel posé sur sa table de nuit.

— Allô.

— Salut, la coquerelle.

Gabriel ne reconnaît pas la voix dans l'écouteur mais, à l'épithète, il devine sans peine qu'il s'agit de Tremblay.

— Qu'est-ce que tu me veux ?

— Ça ne répond pas chez les maudits Français ; ils doivent être encore dans leur restaurant à faire cuire des grenouilles. C'est donc toi que j'ai décidé d'appeler.

— Pourquoi ?

— Vous intimidez les membres de ma *gang*, astheure ?

Gabriel met deux secondes avant de faire le lien avec la rencontre entre Didier et les jumeaux Bouchard.

— On n'utilise pas vos méthodes d'hommes des cavernes, réplique-t-il enfin. Didier a simplement voulu demander à ta bande de se tenir tranquille.

— Pourquoi se tenir tranquille ? grogne Tremblay. Qu'est-ce qu'on vous a fait ? Pourquoi vous avez envoyé la police chez moi ?

— T'as volé le bâton de golf de ton père, pas vrai ?

— Qu'est-ce que ça peut te foutre, la coquerelle ? De quoi tu te mêles, toi pis tes émigrés ? C'est quand même pas de vos maudites affaires, les bâtons de golf de mon...

— Un chien a été massacré avec le bâton de golf de ton père, Tremblay. On t'a surpris à te cacher dans le bois avec le même bâton. Ça prendrait un sacré hasard pour ne pas que...

— Le bâton de golf de mon père, le morpion, les policiers nous l'ont rapporté ce soir. Il est facile à reconnaître avec les initiales dessus. Quelqu'un l'a trouvé dans l'étang du club de golf. Ça aura permis à mon père de découvrir que je le lui avais « emprunté » pour aller jouer en cachette sur le terrain du club. Ça aura permis à mon père de savoir que j'ai lancé le maudit bâton en question pis que, par malchance, il est tombé dans l'eau. J'ai jamais pu le récupérer moi-même, le bâton, tu vois ? Quelqu'un l'a trouvé par hasard en nettoyant le terrain.

— Qu'est-ce que tu veux que ça…?

— Ça aura aussi donné à mon père une autre maudite bonne raison pour me sacrer une autre maudite bonne volée. T'entends-tu, le morpion ? Mon père m'a fessé tellement fort, à soir, que j'ai les deux yeux au beurre noir. O.K.?

La chambre se met à tourner autour de Gabriel tandis qu'il détecte des sanglots retenus dans la voix de Tremblay. Un sentiment de culpabilité le surprend et le submerge tout à coup. Pareil à une mer qui paraissait immuable et qui se démonte sans raison pour inonder la berge. Pareil à un tsunami.

Pour la première fois depuis qu'il connaît le chef de la bande des Pure laine, l'Innu ressent de la sympathie pour le garçon. Pour la première fois, il découvre que lui aussi peut être une victime, pas seulement un agresseur.

— Je... je suis désolé, balbutie Gabriel. Je... j'ignorais que tu... que ton père...

— Mon père, le morpion, y m'a vraiment pas manqué. Je t'appelle juste pour te dire que je considère que c'est de votre faute, à toi pis ta *gang*, pis que lorsque je vais vous rencontrer, je vais vous remettre tout ce que mon père m'a donné, tout ce qu'il m'a fait subir.

— Non, attends, Tremblay ! s'exclame Gabriel, davantage intrigué qu'inquiet. Attends. Il y a des trucs que tu dois m'expliquer. Il y a des trucs que je ne comprends pas dans cette histoire.

— Comment ça, tu comprends pas ? C'est pourtant pas compliqué : le bâton, les flics l'ont trouvé où je l'avais perdu. Ils l'ont rapporté à mon père, pis mon père m'a fessé.

— Dans ce cas, il y a un deuxième bâton. D'où vient-il ?

— ...

— Tu sais de quoi je parle ? insiste Gabriel devant le silence de Tremblay. Le bâton qui a tué les chiens...

— Je sais exactement de quel bâton tu parles, dit enfin Tremblay, toute colère évanouie de sa voix.

Sonnent les téléphones

Fatimata ne dort pas. Elle s'est couchée à 22 heures, espérant sombrer rapidement dans le sommeil. Après toutes les émotions de la journée, il lui semblait qu'elle le méritait bien. Mais quarante minutes plus tard, elle est si bien éveillée qu'elle sait qu'elle ne s'endormira pas de sitôt. Peut-être l'inquiétude qu'elle nourrit à propos du pauvre Moka l'empêche-t-elle de se détendre.

Le pauvre Moka, justement. Si elle allait voir comment il va ?

Non. Il faut le laisser se reposer. Elle s'est rendue à son chevet juste avant de se coucher et l'animal semblait récupérer. Les analgésiques dilués dans son eau semblent l'aider à supporter la douleur. Et puis, elle a promis à Médéric de ne pas s'approcher du chien à moins d'une urgence.

Tout de même.

Juste une petite visite.

C'est plus fort qu'elle. La voilà qui repousse ses couvertures et saute, pieds nus, dans ses chaussures.

Avant de quitter la chambre, elle n'oublie pas d'étendre le bras vers le commutateur qui désengage le détecteur de mouvement près du perron. Médéric l'a bien avisée ; pour éviter les fausses alarmes. Elle n'oublie pas.

Mais elle oublie le téléphone cellulaire.

— Puisque tu n'as pas d'ordinateur chez toi, le logiciel de surveillance sera chez moi, a-t-il dit.

— Ça ne donnera rien, a contesté l'Africaine. Si une alarme se déclenche, comment feras-tu pour m'aviser ? Mes parents éteignent la sonnerie du téléphone passé 22 heures. Tu vas courir jusqu'ici ?

Médéric avait fouillé dans ses poches pour lui tendre l'un des trois ou quatre téléphones cellulaires qu'il rafistole sans cesse.

— Je t'appellerai aussitôt sur le numéro de cet appareil. Garde-le tout près de ton lit. Ne t'en sépare pas.

Fatimata ouvre la porte arrière de la maison en s'efforçant de réduire le grincement des gonds. La nuit est calme. On n'entend que le passage des automobiles dans les rues voisines, le jappement lointain d'un chien, et le grondement des climatiseurs de la maison d'en face. Des étoiles cherchent à percer un ciel embué par la lumière des lampadaires. Des cochylis, des papillons de nuit, s'agglutinent autour des réverbères en un ballet désordonné.

« Ça sent la nuit », songe l'Africaine en respirant l'odeur humide des pelouses qui se revivifient après les assauts violents du soleil de la journée.

Fatimata descend les marches en prenant soin de faire le moins de bruit possible pour ne pas réveiller Moka. Elle contourne le pin qui marque le coin de la galerie et s'approche à pas feutrés de l'ouverture qui donne sous le perron. En se penchant pour y pénétrer, elle aperçoit, du coin de l'œil, un mouvement flou près de son épaule. Le temps de se retourner et un poids énorme s'abat sur elle et la projette sur le sol.

La terre qui pénètre dans ses narines sent la moisissure et les champignons. Elle détecte aussi une vague odeur de chien.

— Mais qui l'appelle ?

— Ce... C'est Médéric, madame.

— Tu as vu l'heure qu'il est, Médéric ? Vous ne pouvez pas vous dire *tout* ce que vous avez à raconter avant de vous quitter, le soir ?

Le pauvre garçon avale sa salive en faisant un bruit de lavabo. La mère de Gabriel l'impressionne chaque fois qu'il entend sa voix dont le timbre lui paraît si sévère, si autoritaire. Peut-être est-ce dû à l'image qu'il a d'elle dans sa tête. Peut-être exagère-t-il sans le vouloir les traits innus qu'il interprète comme durs et froids. Pourtant, lorsqu'elle sourit, la mère de Gabriel est d'une réelle beauté. Médéric s'arrête sur ce portrait d'elle pour ne pas se sentir trop intimidé tandis qu'il réplique :

— Je suis désolé ; c'est très important, vous savez. Je ne recommencerai pas. S'il vous plaît, madame Bacon, laissez-moi…

— Oh, ça va, Médéric ! coupe la femme pressée de retrouver son émission de télévision. Puis, plaçant sa main contre le micro, elle crie en direction de la chambre de son fils : Gabriel ! C'est encore pour toi.

L'adolescent, qui vient à peine de raccrocher, recule de deux pas pour saisir le combiné. Encore Tremblay ou…?

— Gabriel, c'est Médé.

— Qu'est-ce qui se passe ?

— Basilio !

Le dos dans la terre humide, le ciel à demi masqué par la galerie, les renâclements de Moka près d'elle, Fatimata vient de reconnaître l'ombre qui la domine. Le réverbère qui apparaît au coin de la maison redessine à contre-jour la silhouette du jeune Péruvien. Il se tient droit au-dessus de Fatimata, silencieux, immobile, un bâton de baseball entre les mains.

— Que fais-tu ici, Basilio ? demande l'adolescente d'une voix mal assurée. Si tard ? Et pourquoi ce bâton ?

— Kharisiri, murmure le garçon d'une voix où se devine la peur.

— Comment ?

Fatimata doit faire un effort pour se rappeler que Basilio avait prononcé ce nom lorsqu'il a été trouvé assommé dans la forêt. Kharisiri, oui, elle se souvient. Le vampire des Andes.

— Allons, Basilio, souffle-t-elle de sa voix la plus douce et en se relevant sur les coudes ; tu es somnambule et tu rêves. Regarde-moi : je ne suis pas le Kharisiri, je suis Fatimata. Ton amie Fatimata.

— Pas toi, rétorque Basilio de cette même voix apeurée, mais lui.

Il oriente l'extrémité lourde du bâton pour désigner un point derrière l'adolescente.

— Ce chien.

— Moka ? Allons donc, c'est l'animal que nous avons trouvé…

Elle s'interrompt soudain, son esprit effectuant des supputations, improbables en d'autres circonstances.

— Basilio ! émet-elle, la voix blanche. Est-ce toi qui…? Par mes ancêtres, Basilio. Dis-moi que je me… que tu n'as pas…

106

— Il me poursuit, Mata. Kharisiri. Je dois le détruire avant qu'il prenne les organes qu'il me reste.

Il avance d'un pas, se penche, le bâton brandi de côté, car la galerie l'empêche de frapper de haut en bas.

— Basilio, non ! crie Fatimata sans plus se soucier de chuchoter. Ne fais pas ça !

Trop faible pour réagir davantage devant le tumulte qui a lieu près de lui, Moka pousse un grognement contrarié. Fatimata s'agrippe au bâton de Basilio, mais le garçon, en meilleur équilibre, solidement dressé sur ses jambes, le retire sans trop de difficulté.

— Ôte-toi de mon chemin !

— Basilio ! Ne fais pas...! Elle se tourne à demi et hurle : Papa ! Maman !

Elle a juste le temps de distinguer un mouvement flou dans la pénombre. Elle rejette la tête en arrière et l'extrémité du bâton va frapper le sol près de son épaule.

Elle hurle et Basilio brandit son arme de nouveau. Cette fois, elle ne pourra pas éviter le coup.

Autour de Cappuccino, il n'y a que des ondes vaporeuses, vaguement colorées, des nuances de lumières et d'ombres, des mouvements imprécis. Voilà pourquoi elle se concentre sur ses autres sens.

Elle respire les odeurs coutumières de la cour arrière : pelouse, fleurs, haie, animal malade ramené par sa maîtresse, oiseaux, terre humide, insectes… Insectes ? Hum… L'eau lui viendrait à la bouche si ce n'était de ces bruits inhabituels, inusités, qui l'importunent, mais aussi la troublent. La mouffette, incertaine, ressent de la peur… et un autre sentiment. Plus fort. Plus incontrôlable. Un sentiment qui lui fera oublier sa frayeur. Et toute mesure. Ce sentiment, c'est le courage. Il lui vient d'un son. Un son entendu et qu'elle a peine à reconnaître. La voix de sa maîtresse. Le cri de sa maîtresse !

Alors, le courage l'oblige à plonger dans l'inconnu pour secourir celle qu'elle aime par-dessus tout.

Elle ne comprend pas tout de suite, lorsqu'elle bondit du haut de la galerie, qu'elle tombe sur le visage de quelqu'un. Elle comprend seulement, en évitant de se blesser lorsqu'elle atteint le sol, que son adversaire est tombé lui aussi. Qu'il hurle de peur en s'étalant par terre.

Et qu'un gros morceau de bois cogne contre le mur de la maison et va rouler sur le dallage de l'allée du jardin.

Fatimata se relève et s'empresse de dominer de sa taille le petit Basilio maintenant étendu par terre. Lorsque Cappuccino apparaît à son côté, elle la saisit et s'efforce de la calmer en la plaquant contre sa poitrine. En deux coups d'œil rapides, elle s'assure que le bâton a roulé loin, et que Moka n'a pas été touché.

Penchée au-dessus de Basilio, elle constate que celui-ci, le visage enfoui sous ses bras, ne semble plus vouloir agresser qui que ce soit. Il geint, le corps secoué par les spasmes des sanglots. Fatimata refoule des larmes, sans savoir si elles viennent de la peur qui la tient encore, du stress qui l'abandonne ou de la détresse de Basilio.

Elle va se pencher vers lui quand la voix de son père tonne dans son dos.

— Mata ! Veux-tu me dire ce qui se passe ici ? C'est quoi, tout ce raffut ?

Sa mère apparaît aussi, en robe de chambre, un objet brandi au bout de son bras. Elle interroge :

— Mata ! À qui c'est, ce cellulaire que je viens de trouver dans ta chambre et qui sonne sans arrêt ?

Au lieu de répondre, l'adolescente pouffe de rire, hoquetant, incapable d'arrêter. Ses parents se regardent, reposent les yeux sur elle, sur Basilio…

— Qui est ce garçon ? demande la mère.

Fatimata voudrait répondre, mais elle ne peut pas tant son rire la secoue. Elle serre davantage Cappuccino sur sa poitrine, comme pour mieux retenir ses crampes, mieux contrôler ses réactions et réussir à parler. Au moment où elle ouvre la bouche, un bruit la fait se retourner et la surprise accentue sa tension. Cette fois, pliée en deux, incapable de se retenir, elle éclate d'un rire énorme qui résonne dans le voisinage.

La main figée sur la porte du jardin, encore essoufflé par sa course effrénée, Gabriel l'observe, interdit.

8

Kharisiri

Le nez collé sur l'écran de l'ordinateur portable qu'il a trimballé en bandoulière, Médéric lit :

— *Le Kharisiri est « celui qui coupe et qui égorge à son profit » et, par extension, celui « qui extrait la graisse » humaine. C'est un être « caméléonesque » qui a toujours su prendre un air de circonstance et dont les différentes figures ont évolué au cours de l'histoire : espagnol, missionnaire, gringo, médecin, citadin, commerçant et, aujourd'hui, indigène...*

Le Kharisiri, dangereux vampire, s'accapare le véritable principe vital de la personne : la graisse. Son agression entraîne divers symptômes, au minimum des douleurs d'estomac et un amaigrissement important, mais dans les cas les plus graves elle peut entraîner la mort. Le chercheur ne peut qu'être déconcerté devant la persistance historique et l'étendue géographique de la peur occasionnée par le Kharisiri. Les premières archives qui évoquent le « vampire » remontent à la période coloniale. (…) Par ailleurs, loin d'être un phénomène local, la peur du Kharisiri se retrouve dans toutes les Andes : Pérou, Équateur, Bolivie…[2]

Médéric relève la tête pour regarder ses camarades, signifiant du même coup qu'il a terminé de lire l'article. Chaque membre de la bande des cinq continents est silencieux, les yeux fixes, ruminant encore les détails de la légende. Médéric choisit donc la méditation, lui aussi. Il songe que, lorsque Basilio sera de retour, lorsque son père adoptif le ramènera de la balade qu'ils sont allés faire tous les

---

2. Sources : Laurence Charlier ; www.intura.net ; Institut français des études andines, bulletin 2003.

deux, il lui lira cet article. Ainsi, peut-être le garçon comprendra-t-il que toute cette histoire de vampire n'est que pure invention. Quand il constatera que des scientifiques en expliquent l'origine, la cause, et les versions qui s'adaptent aux époques. Médéric renchérira même en faisant le lien avec d'autres légendes auxquelles le jeune Péruvien ne pourra adhérer parce qu'elles ne sont pas propres à sa culture. Celle de Kalkin, par exemple, le dixième avatar[3]...

— Je savais que Basilio était celui qui avait tué tous ces chiens. Je l'ai su tout de suite.

Celle qui vient de parler est la mère adoptive du garçonnet. Elle est assise à l'une des extrémités du divan, les coudes sur les genoux, le menton dans les mains. Elle est dévastée.

— C'est pourquoi vous nous avez inventé cette histoire de psychiatres qui enfermeraient Basilio, réplique Sarasvatî, assise à l'autre extrémité. Vous aviez peur que si nous racontions l'histoire aux policiers, ceux-ci finiraient par découvrir

---

3. Voir *L'étrange monsieur Singh*, la 3e aventure de la Bande des cinq continents.

que Basilio n'est pas une victime de l'agresseur, mais l'agresseur lui-même.

— Oui, répond la femme, penaude, sans oser regarder l'adolescente.

— Même si cela devait mener à l'accusation d'un innocent ? demande Didier, debout au milieu du salon.

Il s'est efforcé de conserver un ton neutre, ne voulant pas se donner un air incriminant.

— Oui, répète la femme, sans oser davantage lever les yeux.

— J'avais donc raison de ne pas m'en tenir à des preuves circonstancielles ! clame l'adolescent en se tournant vers Fatimata.

Cette dernière répond avec une moue faussement irritée. En fait, c'est pour mieux masquer sa gêne d'avoir accusé Tremblay. Comme elle s'apprête à répliquer une phrase anodine, histoire de réduire son malaise, la mère adoptive lui dit :

— Je suis désolée. La seule coupable, c'est moi. Je n'aurais pas pensé que Basilio... Je savais qu'il chercherait encore à tuer d'autres chiens, croyant que le Kharisiri le poursuit partout dans le monde. J'essayais de le convaincre que toutes ces histoires ne sont que des légendes. Mais je n'aurais pas pensé que mon

Basilio chercherait à s'en prendre à une personne. À toi. Je suis tellement...

Elle ne trouve pas les mots pour terminer sa phrase, hoche la tête, puis dissimule son visage dans ses mains.

— J'espère que... que tes parents ne seront pas trop fâchés, qu'ils ne demanderont pas à la police de...

— Mes parents ne savent rien, madame, rétorque Fatimata en se penchant vers la femme. Ils croient que Basilio voulait seulement s'en prendre à Moka. Je ne leur ai pas dit que... que...

— Je suis aussi blâmable que vous, madame, coupe Gabriel autant pour la réconforter que pour se confesser de la faute qu'il se reproche à lui-même. J'avais déjà deviné que Basilio était coupable. Avec Didier, nous en avions trouvé les preuves dans la soirée.

— Vraiment ? s'étonne Sarasvatî, les sourcils froncés. Tu... Vous nous aviez caché cela, tous les deux ?

— On n'a pas vraiment eu le temps de vous revoir par après, plaide Didier, toujours debout. Nous avons fait nos découvertes juste avant la nuit ; puis nous sommes rentrés chez nous.

— Et à peine étais-je à la maison, renchérit Gabriel, à peine ai-je eu le temps

118

de me préparer pour aller au lit, que le téléphone s'est mis à sonner. Tremblay d'abord, Médéric ensuite...

— Comment aviez-vous découvert que Basilio était...?

Sarasvatî s'interrompt en gardant les sourcils froncés, ce qui entraîne son tilak[4] vers la racine du nez. Elle reprend :

— N'oubliez pas que Basilio est une victime aussi. Quelqu'un l'a frappé.

— Pas tout à fait, corrige Gabriel. Tandis que, après son rendez-vous chez le dentiste, il venait nous rejoindre au bord de l'étang où nous pêchions, il s'est trouvé face à face avec Moka qui se baladait dans le coin. Croyant encore une fois qu'il s'agissait du Kharisiri qui le poursuivait, il a pris un gourdin et l'a frappé. Trop effrayé pour continuer à marcher seul dans le bois et venir nous retrouver, il a rebroussé chemin. À un moment donné, il nous a entendus approcher. Il a sans doute pensé que nous étions une autre manifestation du Kharisiri. Il venait juste de jeter son bâton dans les fourrés ; il s'est mis à courir en regardant par-dessus son épaule pour être certain que le

---

4. Point rouge que les hindous dessinent au centre du front. Il symbolise le troisième œil.

vampire n'était pas sur ses talons. C'est là qu'il s'est frappé la tête sur la branche basse de l'érable.

— Hum... Ta conclusion est un peu tirée par les cheveux, remarque Sarasvatî. Il faudra s'informer auprès de Basilio. Il a dit que quelqu'un l'avait frappé. Je le trouvais sincère lorsqu'il...

— C'est vrai, coupe Gabriel. Basilio le croit. Il le croit, car il n'a pas vu la branche. Lorsqu'il a regardé derrière lui en courant, il s'est tourné du côté droit, le côté de son œil valide. Son œil gauche ne pouvait pas voir la branche qui était là. C'est pourquoi il a une bosse sur le côté gauche de la tête.

— Mais le bâton de golf de Tremblay ? interroge Fatimata. Comment aurait-il pu...? J'ai vu Tremblay avec le bâton de golf de son père. Je l'ai aperçu dans le voisinage des chiens qui venaient tout juste d'être frappés.

— Tu y as aussi rencontré Basilio, précise Didier ; ne l'oublie pas.

— Oui, mais lui n'avait pas de bâton, soutient Fatimata qui, maintenant qu'elle s'y arrête, se souvient de l'attitude étrange du jeune garçon.

Elle avait conclu, à ce moment-là, que son comportement résultait de la peur d'être accusé de la mort du chien. En fait, il se remettait de la peur du Kharisiri.

— Tremblay a bel et bien volé le bâton de golf de son père, explique Gabriel, un doigt levé. Voici ce qui s'est passé.

Il marche les quatre pas qui séparent la table basse du mur le plus proche, et revient. Quand il atteint la table, il retourne au mur et poursuit ainsi son manège tout en exposant son interprétation des faits. Il ressemble à un Sherlock Holmes jeune et dynamique, débarrassé du carcan de sa casquette à oreilles, de sa redingote en tweed, de sa pipe et de sa loupe. Il dit :

— Tel qu'on le soupçonnait, Tremblay a bien traversé le petit bois pour se rendre sur le terrain de golf et jouer sans payer. Il profite des journées où les employés sont occupés à nettoyer certaines zones, et les évite scrupuleusement. Sauf que notre meneur de la bande des Pure laine, par étourderie, perd son bâton dans l'étang. Que faire ? Son père le battra s'il découvre que son bois numéro trois a disparu. Tremblay décide donc, dès le lendemain, avec l'aide de l'un des jumeaux, de dérober une crosse semblable au bâtiment principal du club de golf. Le forfait accompli, les deux sbires retraversent le bois et c'est là que les surprend Fatimata.

Puisqu'ils empruntent une piste diffé-rente, les voleurs ne voient pas le pre-mier chien, mais trouvent le deuxième. La peur s'empare d'eux à l'idée que des voisins, les voyant passer avec le bâton, puissent les accuser d'avoir frappé l'ani-mal. Aussi décident-ils de cacher le fruit de leur larcin dans un fourré tout près et de revenir le chercher plus tard, quand il fera nuit. Lorsqu'ils reviennent, vers minuit, le bâton a disparu.

— Comment ça ? s'étonne Sarasvatî. Qui l'avait pris ? Sûrement pas Basilio.

Gabriel se tourne vers elle et, dans un mouvement théâtral, pointe l'index dans sa direction. Il rétorque :

— Si, justement : Basilio. Puis, pivo-tant vers la mère adoptive qui l'écoute, fascinée : pouvez-vous nous confirmer, madame, que Basilio est ressorti dans la soirée, le jour où Didier, Fatimata et moi, nous vous avons rencontrée la première fois ? C'était après les événements où le chien a failli nous mordre.

— Oui, certifie-t-elle, les yeux vers le sol, penaude. Je ne me suis aperçu de l'ab-sence de Basilio seulement lorsqu'il est revenu. Je le croyais dans sa chambre.

— Voilà ! indique Gabriel en ouvrant les bras devant Sarasvatî pour marquer la justesse de ses conclusions. Basilio est ressorti pour tuer le chien, car cette fois encore il croyait qu'il s'agissait du Kharisiri. Il a voulu le détruire avant que le chien parvienne à le faire. Il a dû voir le bâton dans les fourrés tandis qu'il cherchait un gourdin pour frapper l'animal.

— La police sait tout cela ? demande la mère adoptive, une inquiétude perceptible dans la voix.

— Pas encore, répond Didier. Il est certain que si nous nous faisons interroger de nouveau, nous devrons dire ce que nous savons. Surtout...

Il se tourne vers son amie africaine et conclue :

— ... surtout si les parents de Fatimata portent plainte.

Cette dernière le regarde en retour et ressent comme une blessure à la poitrine toute la responsabilité qui découle des conclusions auxquelles pourraient en venir les enquêteurs : accusations contre Basilio, amende, thérapie, période de probation, centre de réadaptation...

— Mes parents ne porteront pas plainte contre Basilio, commence-t-elle. Puis, comme pour indiquer l'artifice dont elle userait si nécessaire, elle précise : pas pour avoir tenté d'arrêter les souffrances d'un animal qui se mourait.

— Et le voisin ? demande Didier en regardant, cette fois, la mère adoptive.

Cette dernière a un mouvement vague de la main pour signifier que cet aspect était déjà résolu.

— Non, le vieux grognon a retiré sa plainte. Il paraît qu'il a refusé de remplir toutes les formalités exigées ; il n'avait pas la patience pour cela. (Elle émet un petit rire nerveux.) Nous, les voisins, nous croyons plutôt qu'il avait peur de voir les enquêteurs revenir piétiner sa pelouse.

Didier pivote alors sur un pied pour cueillir le regard de chacun de ses camarades. Si Gabriel a donné l'image d'un Sherlock Holmes en devenir, lui ressemble à un avocat en herbe. Il affiche un aplomb certain, une sincérité à peine feinte, et use de gestes et de paroles calculés pour influencer son jury.

— Il ne reste plus que nous, expose-t-il ; nous qui connaissons tous les détails. Maintenant que les policiers n'ont plus de raison de se soucier de cette histoire, maintenant que le seul motif de rouvrir le dossier serait une dénonciation de notre part, la question est : est-il dans l'intérêt de la société, dans l'intérêt de Basilio ou celui de sa famille, de révéler ce que nous savons ?

Sarasvatî et Médéric, de concert, hochent la tête de gauche à droite. Gabriel hésite un moment, puis hoche la tête à son tour. Toujours très sensible au sort des animaux, Fatimata se mord les lèvres pour ne pas dire oui, mais songe que cela ne lui rapporterait aucun réconfort de savoir Basilio puni, et surtout, cela ne redonnerait pas vie aux chiens morts ni ne guérirait plus vite la blessure de Moka.

— Et toi, Didier ? demande-t-elle à son ami plutôt que de précipiter sa réponse, se donnant encore quelques secondes pour réfléchir.

— Je ne vois pas l'intérêt de le faire, rétorque le Français.

Elle hésite encore, tous les regards rivés sur elle. Punir ne servirait à rien, elle le sait, mais prévenir ? Empêcher que Basilio ne recommence ? En le dénonçant et en l'obligeant à passer par tout le processus juridique, ce qui le convaincrait de la gravité de ses agissements ? Ou en l'obligeant à suivre une thérapie pour vaincre sa peur du Kharisiri ?

— Je pourrais porter plainte, annonce-t-elle enfin, car je suis la principale victime de la violence qui habite Basilio et, surtout, je suis la plus affectée par ce qu'il a fait à ces pauvres bêtes.

— Pauvres bêtes, pauvres bêtes... grommelle Gabriel pour lui-même. On a failli se faire bouffer par l'une de ces pauvres bêtes, justement.

Sarasvatî le regarde, mais il ne juge pas opportun de répéter plus fort. Fatimata poursuit :

— Toutefois, je suis prête à passer l'éponge si vous me promettez...

Elle regarde la mère adoptive droit dans les yeux, et reprend :

— ... si vous me promettez que Basilio rencontrera un psychologue. Qu'il suivra une thérapie. Qu'il apprendra à mieux gérer son traumatisme, qu'il apprendra à vivre avec sa souffrance... et qu'il cessera de voir des vampires qui le poursuivent partout.

Dépassée par les événements, la femme n'est que trop heureuse de remettre la responsabilité du cas de Basilio à un professionnel. C'est presque avec une intonation de joie qu'elle réplique :

— Je vous le promets !

9

Épilogue

—Avant, j'avais peur des chiens, dit Basilio ; maintenant, j'aurai peur des humains.

Fatimata l'observe avec intensité. Le Péruvien garde la tête basse et elle ne perçoit de lui que le dessus de son crâne, sa chevelure noire et lustrée, ses épaules frêles...

— Si le Kharisiri n'existe pas, ça signifie que les vrais coupables sont des humains, insiste-t-il.

— C'est parce que tu t'arrêtes à quelques humains bêtes et méchants, dit Fatimata avec cette voix douce qui la caractérise. Des humains qui, pour s'enrichir, ne respectent pas la vie des autres. Mais la plupart des personnes sont comme nous, amicales et attentionnées. Tu dois faire confiance aux gens.

Le garçon relève la tête. On dirait presque qu'il se retient de sourire. Puis il affirme, sur un ton mi-figue mi-raisin :

— C'était plus facile d'avoir peur des chiens.

L'Africaine sourit et, tandis qu'elle va poser une main sur son épaule pour le réconforter, la voix de Médéric éclate non loin d'eux.

— J'en ai un !

Le gros garçon vient de bondir sur ses pieds, et recule en tirant sur sa canne à pêche.

— Attends, Médé ! lui enjoint Gabriel à quelques pas. Ne tire pas comme ça ! Ramène ta ligne avant ; tu vas le perdre.

— J'en ai un ! répète Médéric surexcité, sans tenir compte de l'avis de son conseiller. J'en ai un !

Et le voilà qui court pour ramener sur la berge, dans un éclaboussement d'eau, une truite frétillante. Au milieu des trèfles et des quenouilles, le poisson gigote, saute, s'agite, bousculant les herbes, se couvrant de saletés, emmêlant la ligne autour des tiges.

— Vous avez vu, crie-t-il autour de lui tandis qu'il saute sur le poisson pour l'empêcher de retomber à l'eau. Vous avez vu ?

Pendant que Fatimata et Sarasvatî le couvrent de leurs bravos et de leurs vivats admiratifs, Gabriel et Didier se roulent par terre de rire. Le Tahitien se démène sur le sol plusieurs secondes avant de se relever enfin, fier, la truite au bout du poing, l'hameçon encore bien planté dans sa gueule. Autour de lui, la ligne translucide serpente dans le feuillage des arbustes, plonge au sol, monte dans les feuillus, se perd dans les conifères, redescend dans l'eau, émerge dans les quenouilles, et glisse de nouveau vers les herbes.

Suffoquant de rire, Gabriel lui donne une tape amicale sur l'épaule. Il hoquette :

— Bravo, Médé !

Tout le monde vient féliciter le Tahitien, soit en répétant la tape de Gabriel, soit en lui serrant la main. Même Basilio participe à la gaieté générale. Ce dernier, émerveillé, assistant pour la première fois de sa vie à la scène d'un pêcheur prenant une truite à la ligne, demande, enthousiaste :

— Tu m'enseigneras, Médé ? Oh, j'aimerais ça, comme toi, apprendre à capturer du poisson !

Gabriel se prend la tête à deux mains, exagérant une mimique alarmée. Il implore :

— Basilio, attends d'abord que je lui aie appris à ramener le poisson sans harnacher toute la forêt.

Et, sous le chaud soleil des premiers jours de juillet, la clairière, au bord de l'étang, est secouée de nouveaux éclats de rire.

LES AVENTURES DE LA BANDE DES CINQ CONTINENTS:

La mèche blanche
Le monstre de la Côte-Nord
L'étrange monsieur Singh
Les vampires des montagnes
Pacte de vengeance (à paraître en septembre 2007)

Visitez le site Internet de l'auteur à :

www. camillebouchard.com

Courrier électronique :

camillebouchard2000@yahoo.ca

**Du même auteur
chez le même éditeur**

Dans la série : La Bande des cinq continents :
La mèche blanche, 2005, Finaliste au prix littéraire de la Ville de Québec 2006
Le monstre de la Côte-Nord, 2006
L'étrange monsieur Singh, 2006
Les vampires des montagnes, 2007
Pacte de vengeance (à paraître en septembre 2007)

**Chez d'autres éditeurs
romans pour enfants et préadolescents**

Le parfum des filles, Dominique & Cie, coll. Roman bleu, 2006
Les magiciens de l'arc-en-ciel, Dominique & Cie, coll. Roman rouge, 2005
Derrière le mur, Dominique & Cie, coll. Roman bleu, 2005. Finaliste pour le Prix littéraire de la ville de Québec 2005.
Lune de miel, Dominique & Cie, coll. Roman rouge, 2004
Des étoiles sur notre maison, 2003, Dominique & Cie, coll. Roman rouge, Finaliste au Prix du livre M. Christie, 2003

Romans pour adolescents

Les tueurs de la déesse noire, éditions du Boréal, coll. Inter, 2005
Les crocodiles de Bangkok, éditions HMH-Hurtubise- HMH, coll. Atout, 2005, Sélection White Ravens 2006

Le ricanement des hyènes, éditions de La Courte Échelle, 2004, Prix du Gouverneur général du Canada 2005

La déesse noire, éditions du Boréal, coll. « Inter », 2004

L'Intouchable aux yeux verts, éditions HMH-Hurtubise-HMH, coll. Atout, 2004

La caravane des 102 lunes, 2003, Éditions du Boréal, coll. Inter, 2003

La marque des lions, éditions du Boréal, coll. Inter, 2002

Absence, éditions Héritage, coll. Échos, 1996

Les démons de Babylone, éditions Héritage, coll. Échos, 1996

Les lucioles, peut-être, éditions Héritage, coll. Échos, 1994

L'Empire chagrin, éditions Héritage, coll. Échos, 1991

Les griffes de l'empire, éditions Pierre Tisseyre, coll. Conquêtes, 1986

**DE LA MÊME ILLUSTRATRICE
CHEZ LE MÊME ÉDITEUR**

Dans la série La Bande des cinq continents écrite
par Camille Bouchard :
La mèche blanche, 2005
Le monstre de la côte-nord, 2006
L'étrange monsieur Singh, 2006
Les vampires des montagnes, 2007
Pacte de vengeance, à paraître en septembre
2007

CHEZ D'AUTRES ÉDITEURS

ALBUMS COULEUR :

Mormor Moves In, auteure Susin Neilson-
Fernlund, Orca Book Publishers, 2004
  - Resources Link's Year's Best 2004
  - Chocolate Lily Book Award nominee 2005-06
Dans le coeur de mon grand-père, auteure
Danielle Simard, ERPI, 2004
Hank and Fergus, auteure Susin Neilson-
Fernlund, Orca Book Publishers, 2003
  - Mr Christie Book Award Silver Seal, 2004
  - Ressources Link's Year's Best, 2004
  - Chocolate Lily Book Award nominee, 2004-05
  - Kentucky Bluegrass Award nominee, 2004-05
  - Blue Spruce Award nominee, 2004-05
Whitney's New Puppy, auteur M.C. Hall,
CTW, 1998

ROMANS JEUNESSE ILLUSTRÉS, SÉRIES :

Série Noémie, auteur Gilles Tibo, éditions
Québec-Amérique :
Grand-maman fantôme, 2006
Le Grand Amour, 2005
Le Voleur de Grand-mère, 2005
Vendredi 13, 2003, 2ᵉ au Palmarès Livromagie
des livres préférés des jeunes
La Cage perdue, 2002, **Les Souliers de
course**, 2001, **La Boîte mystérieuse**, 2000,
Adieu, grand-maman, 2000, **La Nuit des
horreurs**, 1999, **Le Jardin zoologique**, 1999
Le Château de glace, 1998, **Albert aux
grandes oreilles**, 1998, **Les Sept Vérités**,
1997, **La Clé de l'énigme**, 1997,
L'Incroyable Journée, 1996, **Le Secret de
Madame Lumbago**, 1996.

Série Naomi, auteur Gilles Tibo, traductrice
Susan Ouriou, Tundra Books :
Naomi and the Secret Message, 2004,
Naomi and Mrs Lumbago, 2001

ROMANS JEUNESSE ILLUSTRÉS, AUTRES TITRES:

Dimples Delight, auteure Frieda Wishinsky,
Orca Book Publishers, 2005
A Bee in Your Ear, auteure Frieda Wishinsky,
Orca Book Publishers, 2004
A Noodle up Your Nose, auteure Frieda
Wishinsky, Orca Book Publishers, 2000,
Canadian Toy Council Great Book Award, 2005,
Shining Willow Award nominee, 2005

Camille Bouchard

Camille Bouchard est un habitué des récits où se confrontent les cultures. Dans sa série La Bande des cinq continents, où chaque héros apporte au groupe les connaissances et les forces qui sont propres à ses origines, il démontre que c'est en fusionnant les cultures qu'on devient le plus fort, non en les opposant.

L'auteur, globe-trotter infatigable, est séduit par la richesse culturelle des différents peuples, et reste un défenseur convaincu du respect que l'on doit aux croyances et aux traditions étrangères. Il rêvait de cette série depuis un long moment, espérant, dans ses aspirations les plus folles, collaborer avec ses amis Robert Soulières et Colombe Labonté à l'édition, et Louise-Andrée Laliberté aux illustrations.

Tous ses rêves se sont réalisés. Il serait prêt à mourir, s'il n'y avait encore toute cette planète à parcourir, toutes ces histoires à raconter.

Louise-Andrée Laliberté

Louise-Andrée Laliberté se passionne pour l'être humain. Elle aime les multiples visages qu'il présente, si semblables et si différents. Elle est fascinée par ses forces, constantes ou fragiles, par ses débordements imprévus. Par sa créativité, également, cette faculté de renouvellement et d'adaptation.

Soit en rêvant tout haut, soit en dessinant tout bas, l'illustratrice croit toujours au grand amour universel. Elle tient encore mordicus à une petite planète bleue peuplée d'hommes, de femmes et d'enfants de toutes les couleurs qui s'illuminent les uns les autres pour le bien-être de chacun.

Rêvés depuis un moment par leurs créateurs, voici justement les représentants des cinq continents, l'équipe arc-en-ciel qui conjugue avec bonheur les mots de Camille et les coups de crayon de Louise-Andrée.

Dans la collection
Chat de gouttière

Imprimé sur du papier 100 % postconsommation, traité sans chlore, accrédité Éco-Logo et fait à partir de biogaz.

Achevé d'imprimer
sur les presses de Marquis Imprimeur
à Cap St-Ignace
en novembre 2008